catch

catch your eyes；catch your heart；catch your mind……

蹲在掌紋峽谷的男人

The Man Who Stoops in Palm Line Canyons

推薦序

閱讀川貝母

Foreword

孫梓評

久雨後，恩賜般的陽光，從小山頂端一路踅過窗外相思樹林，照進屋內，襯亮了臥室櫃子上方的一幅畫：一個被鮮紅色塊蓋住了眼睛的男孩，頭上頂著宇宙、山巒、幽魂與不可知的什麼。男孩臉部的墨色被暈開了，彷彿靜靜承受、隱忍著無法說予他人之事。那是我的第一幅川貝母。約定取畫那天，「有用的小事」展覽撤展日，第一次見到他。怎麼說呢，帶點羞澀的安靜，散發淡淡的光芒，川貝母畫裡，偶爾出現一圓形臉龐，斜瀏海，明朗眼神，緊抿嘴角，看來即與他有點相似。

生活中真正見到貝母的機會倒不多。每次見面，總有一種靜謐微醺，好像有誰肆意在空中倒滿電氣白蘭。應是他的淡定自在非比尋常吧。或是耽讀過他太多不可思議的畫作，那些繁複多層次的彩色，占滿而飽富張力的構圖，以及種種詩意又不流於晦澀的變形。還特別喜歡畫中藏住的手寫字，全世界有辦法把中文字寫得像英文字的，大概只有他了。這一切，使我像個小粉絲，前往台灣各處川貝母個展，親炙那些無法被掃描、複製的靈光。他的展，除了畫，還總有斑斕妍美的花草拼貼，黏土製烏灰或螢光色小菇群，使日常溢出為非日常。也許就是帶著層疊印象的總和，當他出現，空氣一時改變了成分。通常他身上配色很好看，不至於像畫裡那些令人屏息的諸色，隨身小物皆是簡單好東西。不說話時像個木雕，但是知道他正小口小口呼吸觀察著，關鍵時刻，會給出有力的一擊。

就像這一冊書。

相熟後，我們和阿力金吉兒三人得空時聚餐。也曾一起合作、布展。當我和阿力一陣慌亂，貝母仍不疾不徐。那優雅是怎麼來的？他取出提盒內有備而來的幾樣道具，比畫，黏貼，調整，說著笑著，還得空拿相機拍點什麼，畫面就完成了。餐桌上當我和阿力笑得東倒西歪，貝母仍維持剛剛好的溫度。參與，但是旁觀；聆聽，而不妄下斷論——真的很想搭乘潛艇到他腦中一日遊。

貝母有山有海的故鄉滿州，被我默默理解成仙人的家，原因無他，那些經由底片機拍攝的照片，海的藍是最溫暖的藍，山的綠是有故事的綠，更別說那一大片一大片浪紋似的草，置身其中，應該是莫問歸期的。每次聽說他要回家，眼前就出現他搭乘雲朵的畫面。貝母喜歡購買老照片，展覽中偶爾派用，曾誤以為是他的家族照，那讓我感覺他體內有一個與外表極不襯的老靈魂，願意聽懂陌生人的微笑與哭泣。他且有一隻極漂亮的貓叫咪咪，少女般，我常想像她一回家就脫下貓外衣，換上最愛的家居服，輕快幫貝母烘烤下午茶點心。

貝母偶爾和朋友到山上野餐，拍下精靈的證據。光在恰當的地方閃現，照亮他們的背或笑顏。除了每週有個羽球之夜，近來還熱愛登山，不畫畫的日子去拜訪雲海君，被人質在城裡的我只能在電腦前一一點開臉書照片，真是太羨慕了啊。但他又絕非不食人間煙火。我們仨有時交換晚餐內容，他能自己下廚。「炒高麗菜加鮪魚罐頭提味超好吃。」「剛吃完泡芙。」「買到一顆不甜的木瓜和一串爆甜的葡萄。」書稿與畫稿都大功告成的那夜，因臨時揪不到朋友一起慶祝（或體內孤獨因子作祟？），他選擇了看上去很美味的石頭火鍋。

能畫畫，能拍照，彷彿什麼開關被偷偷打開一樣，一日他說起正在書寫一系列故事。原以為是繪本形式，以畫為主，文字為輔，然而不是呢，他扎扎實實寫了一本六萬字的短篇小說。讀完不得不歎服：能完成這些文字，憑靠的自然非僅是李維．史陀所言「生手的天真」，雖然，貝母烈烈燃燒的熱情是相類的——有天他為自己所寫的故事畫插圖，趕工中，遽然表白：「好想繼續寫故事喔。」（記者截稿前最新消息：為了把圖畫完而忍住的題目，已經累積十二篇。）隨作品陸續曝光，我身邊的朋友，亦擲來驚喜回應（好吧其實也有憤怒，已經這麼會畫圖，還寫得這樣好，真的可以嗎），顯見貝母的故事，不只征服了我，還征服了許多善寫的人。

什麼樣的故事呢？平常罕得發表長篇大論（但絕非無主見，相反，他一向很清楚自己所擁有與所需要），閱讀貝母文字，大概真是獲得一張門票，可以正大光明登上他的腦海潛艇了。

若將貝母也歸入台灣七年級寫作者行列，相較多數同代小說作者勤於耕耘新鄉土，或將歷史記憶、後設技藝融為小說主題、方法，《蹲在掌紋峽谷的男人》顯然相當不同。

也著眼現實，但擺盪向超現實；也在乎歷史，但從人擴及自然；大概也有新鄉土，能說〈小人物之旅〉裡的「父親」，不是「一步一腳印」嗎？然而，可口如同剛出爐的中西糕點，這些故事，若是喜歡小川洋子《祕密結晶》、《文稿零頁日記》，乙一《平面犬》，村上春樹《東京奇譚集》的讀者，必然也會與我一樣，在貝母的說話中淪陷。

有時寫的是浮士德的交易，比方〈萬花筒〉或〈慢跑朋友〉；有時是包裹在奇想裡的人生意見，比方〈叢林〉或〈萬籟墓園〉，有時展現歐．亨利式結尾，比方〈蟬的左手〉；有時是時空難辨的鄉野傳奇，比方〈噩夢與藏品〉；有時甚至逸出一點伊恩．麥克尤恩的暗黑風采，比方〈洗牙〉。

貝母喜歡閱讀華文或翻譯書，各類藝術的澆灌也沒少過，雖因緣際會居住在台中，但台北場次的劇場演出，參與得比我勤快。這些大約都雕刻著他。在故事中見出端倪。書中深深勾動讀者情緒的魅力，不消說，是他充滿彈性的想像魔術：尋常五金行供應新鮮的衛生筷，是把連根拔起的樹放進削鉛筆機現製，怎麼覺得，這好像也是年輕人在當代社會所遭遇的對待？倘若真的發生巨大核爆，輻射區的生活將會如何——被遺忘的動物們猶在殘垣中徘徊，若是自願留守的人呢？若有一個萬花筒可以預見未來，進而使自己能做出正確選擇，你買不買？《雲端情人》有聲無影，若能與心愛的人在虛擬影像的墓園裡終老，是幸福還是沉淪？這些舉重若輕的疑問，被貝母以極新鮮又準確的譬喻塑成：摸起來像攀木蜥的紙質萬花筒、思緒的碎石被激成發亮的汗水、斬夢人遠看似剪了耳朵的老虎、靜物像從未拍過照的村民……更別說，還有許多豐實的細節：慢跑者的肢體，洗牙者的刑場，推銷者的臉孔……大量經由觀察捕捉到的感官體驗，使故事長出強壯的骨肉。

我發現，主題上，貝母似乎特別關注「虛擬與真實」。〈慢跑朋友〉以虛擬對應真實的殘酷空寂，〈萬籟墓園〉則進一步將虛擬和真實無限的拮抗，以特殊的結構方式做了一次深度思辨。此外，對於當下／自己的不確定感，游移出多重可能，若把分散在〈洗牙〉和〈萬花筒〉毫不相干的對白湊在一塊，竟生出神祕的對話效果：

「難道你不是你嗎？」

這簡直就是〈蹲在掌紋峽谷的男人〉所預示的命運迴圈。「記憶」大概也是貝母在意的。鬼魂們隨身攜帶的筆記本，用來謄抄記憶。乳牙，是「記憶的通道」。記憶太重，才需要周先生「拔罐」取出。（是那個周先生嗎？「所有的記憶都是潮濕的」？）有了拔罐，哎，「你無法想像忘記事情有多麼讓人快樂。」

貝母有一種幽默，偶爾對話時會淡淡浮現。不是試圖取悅的。但很可愛。像冰塊在飲料中發出只有借物少女才聽得見的歡呼。讀這些故事時，長篇幅的結構是我最初擔憂的部分。雖然知道，透過一些技巧，可以使故事更「完美」，但讀過第三、四次後，我被說服了。被這些彷彿嫩芽，或擁有小嬰兒屁股純潔感覺的故事給說服。就像書中那個名為「畫家」的角色，忽然「獲贈」新的視角，我猜貝母也有翻轉水平線的能力。更何況，該篇故事最末，就漾出了貝母式幽默。

是村上春樹的說法嗎——閱讀故事使人們明白何為虛構，並能因此順利回返現實。

感謝川貝母，他所製造的詩意奇幻幽默世界，讓我們領受過夠好的虛構，可以甘心降落現實，繼續當一名平凡的人。

目錄

叢林

The Jungle

「我要兩份衛生筷，待會來拿，新鮮的。」婦人騎著機車停在店門口大喊，原本坐在小凳上的老闆立刻起身答應，走進迷宮般的五金百貨陳列櫃。

雖然是有陽光的下午，但斜陽抵達屋簷下就已消失，店裡頭昏昏暗暗的，搭配著一排又一排的貨架，散發著一種灰黯陰鬱的氣氛。縱使裡頭是全新的百貨，但卻像是各種無用之物的聚集地，在沒有人購買之前，彼此就只能在這裡蟄伏著。也像在機場準備轉機的旅客，東倒西歪的躺在分類好的箱子裡，等待屬於他們自己的航班。

老闆從陰暗的角落抬出一個像魚缸的箱子放在桌子上，裡面是密密麻麻的熱帶雨林。隱隱約約聽到猿猴的吼聲、鸚鵡響亮的叫聲、風吹動樹林的沉重沙沙聲，那是真真實實的叢林。

老闆從抽屜裡拿出一個細長器具，像精密手術用來割掉癌細胞的夾子，小心翼翼，嘴裡唯唯諾諾考慮一下子後，把夾子伸進叢林魚缸裡拔出一棵樹。拔的過程幾隻猴子吱吱墜落，幾個鳥類小點振翅而飛，喧譁一陣子後又恢復了叢林詭異的靜謐。

一朵飄在叢林空中的雲重力錯亂，震動幾回後化作一股細長白煙消失在老闆與魚缸之間。連根拔起的樹放進一個像削鉛筆機的機器，老闆用粗短的手指轉動手把，發出刨木聲音以及幾隻鼠類吱叫聲，從機器的另一端圓形出口滑出一根根白白淨淨帶點青春期濕熱澀味的衛生筷。而機器底部延伸出一條透明塑膠管，裡頭混雜青綠色與深紅色的液體，流向桌子底下生鏽斑剝的鐵製舊奶粉罐。

婦人回來了，在外頭呼喊。老闆拿著衛生筷遞給婦人，婦人拿到鼻子前仔細端詳，猛烈深層的聞過之後臉上展現幸福的表情。還是你們這一家新鮮吶。婦人這樣說著。

萬花筒

The Kaleidoscope

正當我提醒自己是否應該要注意四周情況的時候，我的眼神不小心對上了推銷員：我犯了初心者去郵局會犯的錯。一名在旁埋伏已久的推銷員竄了出來，筆直的朝我邁進，步伐急速俐落，好像他來到這裡就是為了等我一樣。周圍像有一個無形的網子正在收編，而我是逐漸落入圈套的人，最後縮小到彼此可以對話的框框裡。

「你曾經想過，有些事要是有不同選擇，今天的自己就會不一樣了？」推銷員像氣象報告一樣的在空中比畫著雙手，拉開了什麼我看不見的東西。

「我們每天都得做決定，無時無刻，從醒來的那一瞬間就已經開始。我們決定什麼時候結束手機的小睡模式，吃哪種早餐，穿哪件衣服，要搭什麼交通工具、走哪條路上班，我們的選擇都會影響後續的發展。不管是二選一、三選一或多選一的選項，早五分鐘出門和晚五分鐘出門就可以形成巨大的改變，這點你相信嗎？做一個選擇後，時間又會把它劃分成好幾個細項，這些細項各自成了自己的劇本，往前推動成為不一樣的你。那麼，你又如何確定自己所做的選擇會是正確的呢？」

我還未開口，推銷員就像猛烈的驟雨般說了一大堆話。瘦削修長的推銷員穿著黑西裝，皮膚白皙，看起來像嚴格的素食主義者。下午陽光猛烈，影子黑得俐落，我手裡拿著牛皮紙袋，只想趕快寄上這封掛號信。

「也許你有發現，有些人就是特別會做選擇。他們總是走在對的道路上，事情會照著他們的意願發展下去，就算有其他意外也多半是正面的能量。人們以為選擇只會影響今天或一兩天，其實它影響的會比自己想得多更多。像是走入迷宮一樣，走一步就會影響到後面所有的道路。而這些人就是看到了以後的道路才會做出對的選擇。那為什麼他們看得到呢？這是一個很有趣的問題。」

「所以我選擇離開這裡，或者留下來繼續聽你說話，也會有很大不同的影響嘍？」我說。推銷員微笑一下，是一種「我逮到你了」的微笑。「都有可能，也許會劇烈的改變，也可能只是微小到幾乎沒有的變化，但這都牽扯到一個問題：我們無法得知另外一種決定的結果。所以我們會感到後悔，為什麼當初沒有做那個決定。然後開始算命，問鳥掛或看掌紋，想著昨晚的夢，膜拜在神像前發狂的人，抓住一切有可能的徵兆。生命的成長就是要學會做出正確的選擇，如何選擇構成了我們的人生觀。」

「既然無法得知另外一種結果，不就又回到了原點，我們還是得依靠經驗來做選擇，我們所能做的就是小心的做決定，僅此而已。」我說。郵局門口一下子湧入了許多民眾，看來這封掛號信得排一陣子了。我在心裡想著若早幾分鐘進去掛完號，現在已經在買綠豆薏仁湯的樣子。

「所以，先生，」推銷員握緊雙手在胸前，像期待打開禮物般的走到一旁的摩托車，從座墊上一個黑色皮製公事包裡面拿出長方形小箱子。「事實上我們有辦法看到另一種結果。」箱子裡面拿出來的是一個紅棕色六角形的木頭圓柱體，上面雕繪著月亮還有許多眼睛，眼睛們都一起看著底下小小的人像。

「這是萬花筒。」推銷員拿給我看。「我們可以透過它來預知不同選擇所造成的後果，避免自己走向最不好的道路。」木刻的萬花筒意外沉甸，拿的一瞬間身體有被拉入什麼地方的感覺，但一會之後這種感覺便消失了。

「現在請你抬頭看看天空，」推銷員說著。炙熱的天空中什麼也沒有，只有幾朵像壓克力人造雲般不動的鑲嵌在空中，會覺得它們有比太陽還遙遠的錯覺。而東面的方向，有一個淡藍色的月亮，一半隱沒在天空中。

「萬花筒需要在有月亮的時候使用，特別是在滿月之夜，白天的月亮只能看到淡薄半透明的身影，但對大略的方向和解說而言已經足夠了。就拿現在來說吧，請你試想著『若晚一點到郵局沒有遇見我會發生什麼事』，再看看萬花筒吧，答案將會出現在裡面。」推銷員說。

我搖晃幾下萬花筒後往裡面看，淺藍色的影像慢慢浮現：一個男孩坐在攤販位子上，吃著有碎冰的綠豆薏仁湯。我發現那就是我自己，竟是另外一種選擇的我。推銷員把萬花筒收回去，眼神稍微變得冷冷的，用一塊黃綠色絨布包裹起來後放進箱子，另外遞給我一個紙做的萬花筒。雖然是紙但卻是沒有碰觸過的質感，這是一個特殊製法的紙模，有點像小時候摸到攀木蜥的觸感，粗軟。「這是試用品，讓你今晚帶回家，」推銷員說，「只能用一次，滿月時能看得更清楚、更遠和更久，要好好考慮清楚。這是我的名片，需要的時候打電話給我。」

把萬花筒帶回家後，我靜靜地躺在床上等待晚上的到來，想著今天發生的事，想著待會該用萬花筒看什麼，許多久未想起的事情慢慢都想起來了，簡直是三十幾年的總巡禮。看著房間的光線從透明到深藍，最後讓黑夜覆蓋一切。發現自己從未這樣看過自己的房間，也從未讓自己這樣緩慢自然的進入黑夜之中。

決定好要看什麼事情之後起身走到屋外，滿月比以往還明亮的掛在天空，我走到路燈底下開始窺視萬花筒。看著裡面的自己做著不一樣的事，覺得很不可思議，但並沒有感到遺憾或者特別的情緒波動，而是覺得，原來事情是可以這樣掌控的。過去的事已經無法改變，我想看的是現在或者未來，以便之後能走向對的道路。一股力量從尾椎升起，漸漸挺直了背部，這時覺得自己站得更挺了，我的視野也變得不一樣。

就在我正蛻變成另外一個自己的時候，我仰頭看見月亮上似乎有一張臉一閃而過，雖然只是一眨眼的時間，但自己很確定看到的不是黑影而是一張臉。我低頭看萬花筒，裡面已經看不到影像，只剩下幾何形的五彩碎花，我又看向月亮，發現現在有露出一半的臉正注視著我。我開始在月光下奔跑，我想我出現了幻覺，心裡希望跑一陣子後月亮的幻覺就會消失，但過了幾個街口後再往月亮看：一個巨大的眼睛在月球上窺視我，眼珠子跟著我轉啊轉。我想起推銷員的名片，我得馬上打給他。

「人們總是想預見未來或返回過去，總以為確認過後剩下就是自己的事了，其實無意間串連了一切，把原本遙遠不相干的時空拉向彼此，並且互相影響著。若你可以窺視另一個你，那另一個你當然也可以窺視著你。」我把月亮上的臉告訴業務員後他這樣回答著，態度冷漠嚴肅，完全不像一開始遇見時熱情的樣子。

原來上面的臉是自己：就在我窺視自己的時候，另一個時空的我也在窺視著我。我不想讓人窺視！就算是我自己我也不想！我向業務員怒吼著，我想回到以前的生活，不想要天空中掛著一張臉監視著我。沒法回頭了，業務員說，契約已經達成，就在你一開始握住萬花筒的時候，已經開啟了通道，你已經和另一個你做了連結了。

「難道我的一生是另一個我的實驗品？另一個我會控制我的決定？」我說。

「不管會不會控制，這又是另外一種層次的問題，最重要的是你能夠做最佳的選擇；若無法做選擇，只要想想，在某個地方另外一個你是完美成功的自己，這樣不是很好嗎？」

業務員的語調轉為低聲誠懇的說：「或者，你也想買一個萬花筒？當然會是一筆不小的費用，但你可以當一個滿月，在夜空中俯瞰一切，當第一個窺視的人。」

「我是第幾個我？」

「你後面還有人，仍然具有優勢，只要購買萬花筒的話。」

「總共有多少個我進入這個萬花筒裡面？」

推銷員不回答。沉默一會後才說：「總之，需要的時候再打給我。」

推銷員掛斷了電話後，我看了月亮一眼，上面的臉仍然在窺視著我。我感到好冷，原本在背脊上的力量消失了，身體好像縮小了一樣。我得趕快回家，我開始奔跑，想逃離一切，再也不想在滿月的時候出門了。

拔罐

Cupping

周先生在舊市場隔壁有一家店，專門經營拔罐、刮痧等等民俗療法，店面狹小只有十幾坪，擺上桌椅器具和醫療床就塞滿整個空間。周先生五十二歲，已在這裡待了二十幾年，時間把周先生的臉和整個店鋪染成了燻過的淡黃色。周先生臉頰消瘦緊繃，臉上的皺紋像是用銼刀雕刻般的俐落而有深度，沒有多餘的細紋出現在他臉上。眼珠是淺淺的灰色，搭配不時緊皺在一起的眉頭，讓周先生看起來像背負著很大的責任，但在鄰居沈太太眼裡，周先生只不過是每天站在櫃子前面神遊的老人罷了。周先生有一排櫃子（據說在地下室裡還有好幾排），櫃上擺滿了一排排上了封口的罐子，每個罐子都有特殊的編號，幾個字母加上數字的排列，與其對應的是厚厚的幾本簿子，周先生時常拿起簿子核對罐上的編號，然後就若有所思的仰頭或驚嘆一聲，便開始進入了他的沉思世界。

沈太太是市場的最後一個攤販，販賣各類蔬菜與醃漬物。市場曾經有過美好年代，人潮絡繹不絕的湧進來，空氣中總是瀰漫著兇猛生鮮的氣味，踏進市場就好像進入野生叢林。但隨著時間的累積，市場的設備變得老舊，漸漸的被附近新建的市場所取代，這裡就只剩下一個會漏水的鐵皮空殼而已。沈太太在市場沒落後才注意到周先生的店，因為當人們已經不再來市場的時候，周先生店門口仍然會出現許多臨停的轎車，有時還會有排隊的人潮出現，那些人的共通特徵是面容疲憊，好像藏了很多祕密的人一樣，疲憊中帶點恐懼。沈太太並不太相信拔罐這種東西，因為她在市場工作的日子已讓她練就了一副強壯的身體，她也相信只要每天辛勤的勞動便可以遠離疾病，所以就算市場沒了，她仍然早起為自己規劃了許多行程，讓身體保持在警覺狀態。所以多年來沈太太始終沒到周先生的店裡去，只有在她的早晚散步計劃中偶爾會觀察著周先生。

有一次因為地震的關係，周先生的罐子倒了一地，沈太太聽見玻璃的破碎聲便跑到周先生店裡，只見周先生跪倒在地上整理摔破的罐子，嘴裡發出小牛般低沉的嗚嗚，不時還拿著厚本子核對是哪一個罐子破裂。沈太太走過去幫忙，其實心裡是想知道罐子裡裝的是什麼東西，但才踏進店裡就被周先生婉拒在外。雖然如此沈太太還是看見碎裂在地上的罐子了，只不過裡面根本空無一物。不久好幾通電話打進店裡，周先生忙著一一道歉，另外有幾個人也來到店裡急著找周先生。

「我又想起來了……」一位染著褐色短鬈髮、臉色蒼白的女生虛弱地說著。另一位穿著暗灰色西裝的中年男子也用虛弱緊張的語氣說著同樣的話。沈太太心裡想著拔罐有這麼厲害？忍不住向紅著眼眶的女士詢問，才得知原來周先生的店不只是普通的拔罐這麼單純。

周先生小時候很活潑，是那種會在課堂上和老師聊天引起全班發笑的孩子，但有次在國語課本的造句練習，周先生造了一個很長很長的句子，每個造句都是一段小故事。隔天沾沾自喜的期待聽到老師的朗讀和讚賞，但意外的卻是冷酷的指責，周先生羞愧的用橡皮擦把句子磨到透明見底，橡皮擦熱得發燙散發出一股焦味。周先生開始感受到某些東西正在改變，並不只是身體的變化，而是某種類似世界觀的東西正在迅速成長，而他猶豫著要往前跟上，還是站在原地保持觀望。從這個時候周先生開始夢見被拋棄的夢。前面的道路有一個大坑洞，所有的人都跳過去了，只有周先生沒有，在跳躍的途中墜入很深很深的黑洞裡。每隔一段時間就會重複這樣的夢。

「我以前很愛說話的，但這情況沒有持續下去，或者應該說我經歷了幾個時期，十二歲以前的我很活潑，是在班上會跟老師說話的那種，但上國中後，我就漸漸的不再吐露自己的心聲了，也盡量不發表自己的意見，只想當個旁觀者，坐在最遠最不引人注目的地方。」周先生說。

周先生漸漸喜歡待在自己的房間。有時會躺著，耳朵貼在地板上，聽著不知道從哪裡傳來的聲音，然後去猜測說話的是誰，那裡正發生什麼事。而讓他驚訝的是，事情就跟他所聽到的一模一樣，沒有半點差錯。漸漸的，周先生除了聽地板、牆壁，也把耳朵靠近所有他想聽到聲音的地方。把耳朵貼緊水果，就可以聽見果實的聲音。西瓜有風吹著沙子的聲音，芒果有果蠅振翅的聲音，也聽到了農夫在噴藥時抱怨兒子上大學後很少回家的碎語。

周先生發現自己可以透過物體來間接聽到過去的聲音，過去的聲音碎片鑲嵌在物質與物質間的空隙裡。萬物都有自己的聲音軌跡，周先生像留聲機的磁頭，順著物體軌道聽取聲音。而只要聽得愈久，知道的事情就會愈多。有一次，周先生躺在女孩的胸口上時，意外的聽到了女孩的心裡話，這是他第一次發現可以聽見人們藏在心裡的話。但只是一瞬間而已就消失了，他順著聲音的軌跡試著移動到其他部位，想要找到聲音的來源，過程就好像透過種種零碎的音源捕捉獵物一樣，他上下來回翻找女孩的身體，女孩被逗得呵呵大笑，漸漸的在脊椎附近又抓住了女孩的聲音。周先生對女孩說一些話，女孩從笑容轉為驚訝的表情。

周先生發現人們藏在心裡的事情是會移動的，也會隨著時間產生大小聲的變化。幫一個人找聲音，必須在身體的各個部位尋找。若要找的是傷心的事，他就必須要求對方要想一些傷心的事。傷心成了搜尋的關鍵字，再依此尋找想要的聲音資料。周先生的能力慢慢流傳開來，起先他把這個能力當作表演，像魔術一樣在街頭或某個活動場合演出賺取費用，直到有一天發生了一起兇殺案，才改變了周先生原本的生活。

周先生被委託尋找罪犯的聲音。一位十九歲女孩被棄屍在郊區荒野，裝在一個藍色桶子裡，只有右手臂懸掛在外面。警方循線調查之後逮捕了一名中年男子，但始終沒有直接證據證明他有犯案，男子也矢口否認這件事。於是在陷入膠著的情況下，警方決定請周先生來聽聽看罪犯的聲音，也許就能夠找到有利的證據。

周先生要求警方在一旁質詢犯人，讓犯人的心理產生與案情相關的情緒，只要一點點變化，周先生就能夠抓住它。他把耳朵靠在罪犯的身體上，慢慢移動尋找與案子相關的隻字片語。周先生仔細地聽著，罪犯的聲音有很多層次，第一層聽到的是雜草叢生的嘶嘶聲，像是雙腳踏進了荒草一樣，周先生彷彿全身都浸泡其中，不時的感覺自己身上被野草割了許多道傷痕。周先生集中注意力探索，終於離開了荒野草原，接著出現竹林的聲音，風吹動了整片竹林發出嘎喀嘎喀的聲音。周先生漸漸的藉由聲音在腦中刻畫出影像畫面，然後聽見一位男子在講話，周先生的影像慢慢靠近犯人，犯人背對著他，而地上似乎有一團東西像是頭髮。正想繼續深入聆聽的時候，男子突然轉身大吼向周先生奔跑過來。

現實中的周先生嚇得往後彈跳，罪犯的深層意識進入到周先生的身體裡面了，腦中全是罪犯殺害少女的影像無法散去，周先生心裡想著必須把這些記憶去除掉，否則這些記憶將會慢慢侵蝕掉自己。於是他想到了一個方法：他請員警幫忙找醫生用的聽筒以及拔罐的罐子，周先生把聽筒貼近自己的身體，四處搜尋罪犯的記憶，由於太過強烈很快便找到了，在背部靠近肩膀的位置。接著他點燃火苗丟進罐子裡靠緊背部，希望藉由拔罐將罪犯的記憶吸取出來。頓時空氣中布滿燃燒的氣味，周先生覺得自己陷入一場濃霧中，罪犯的影像緩慢的退入霧氣裡，影像變灰，漸漸的消失。結束後周先生完全忘記剛才發生的事，經過說明後才明白，自己將罪犯的記憶取出身體了。

「所以櫃子上的罐子都是別人的記憶？」沈太太驚訝的說。

「後來周先生找到了方法，詳細情形我也不太清楚，總之他把記憶封存在罐子裡。所以我們來這裡拔罐，其實都是想把各自不願再想起的事存在這裡。我想你應該也有這種事情吧？過往的記憶纏著你，無時無刻瞪著自己，哪怕是在很快樂的時候，只要找到一丁點縫隙，這些事就會跳出來，鉅細靡遺的重演一遍，巴不得你永遠處於這樣的窘境裡。」褐色短鬈髮的女人說，額頭的鎖眉快讓她的臉變成兩半。

「拔完罐之後的確就不會再想起了，你無法想像忘記事情有多麼讓人快樂，但你看現在……」灰色西裝的中年男子沮喪地指著地上的碎玻璃說，「瓶子破了，記憶就回來了。」隨即哀嚎了一聲。

沈太太當然無法體會忘記事情的快樂，因為多年來她總是忽略掉周先生的店，而且自己會有想忘記的事情嗎？沈太太開始思索，想著在市場賣蔬果的日子，想著自己的先生，想著自己年輕時曾經與一個女人搶一個男人的事。沈太太用力緊閉雙眼呈現蜘蛛網的樣子，然後說了一句髒話，就去向周先生拿號碼牌了。

小人物之旅

Journey of a Minor Figure

「快看Google map，爸爸出現在上面。」姊姊打電話跟我說，不時興奮的笑著，說好難得啊，在跟友人介紹老家時意外發現了爸爸，沒想到被照進去了，看著看著愈來愈高興，所以決定打電話給我。姊姊還很好奇的沿著街道搜尋，想看看還會不會有認識的人，尤其是我和媽媽，但都只是路過的摩托車騎士而已，連半個鄰居也沒看到。

「只可惜爸爸的臉模糊了。」姊姊說。

爸爸在去年夏天過世了。那一天忙完果園的農事之後，他說有點累想去躺一下，就這樣離開了我們。平平淡淡，讓我們都忘記該怎麼流眼淚，過了好幾天才真正理解到這件事確實發生了。姊姊說她是第三天晚上吃著湯麵時流下眼淚，吃著吃著，情緒終於找到了窗口宣泄了出來，儘管嘴巴裡仍然有未咬斷的麵條。

媽媽說她一開始是哭給鄰居看的，沒眼淚讓別人看到總是不好，她說，真正開始難過哭了出來是在整理照片的時候。一本泛黃相本和一盒夾心餅乾鐵盒，就是爸爸所有的回憶。而我們也是在看這些照片的時候才發現，原來爸爸的照片這麼少，合照停留在我國中時期，之後便很少有家庭合照了。

所以，大概可以懂得姊姊在谷歌街景地圖上看見爸爸的身影時那種心情，那是最靠近爸爸後期時的樣子。但這樣彌足珍貴的影像卻是由谷歌的機器捕捉到，讓我感到有些羞恥與不孝。不孝子女的我和姊姊只顧著拿著相機自拍身體的成長，卻忘記了記錄漸漸變老的爸爸，還有媽媽也是。仔細想想，我們從未關心過他們什麼時候多了那些皺紋和白髮，我們是否太過自私了？我躺在床上不斷想著這個問題。

我打開電腦，想再看一次爸爸。街景地圖上的爸爸站在房子門口，雙手扠著腰的看著前方，我想應該是下午接近傍晚時刻，那時他總是會在門外繞繞，也許因為谷歌的攝影車剛好經過吸引了他的目光，因此拍攝到注視前方的爸爸。這種感覺就好像爸爸正在看著我，他一直在那裡等著我和姊姊一樣。繼續用谷歌街景地圖逛起了家鄉，一步一步走過以前的道路，有多久沒這樣走了，似乎是離開家鄉之後就沒有像小時候那樣，用雙腳親自去建立出自己的地圖。現在都只是路過，不再探訪捷徑祕道，祕密基地早已荒廢，路邊也沒有能引起驚奇的東西，所有的驚奇都在網路上。

我打上我現在的居住地址，想想從未搜尋過住處的街景，然後看見了我站在門前，跟爸爸一樣。我的心臟跳得好快，厚重的鼓聲在身體裡一陣陣扎實的敲擊著，像是要暴烈衝出胸腔一樣。雖然臉打上了模糊效果，但我認得我的小腿與短褲，以及那短小的身體。摩托車在一旁，是啊，那是我沒錯。我竟然和爸爸一樣，站在門口注視著前方。

我想著自己的作息習慣，若沒特別的事，就是早中晚的外食時間，我把街景往右拉，點了下一段路，看見自己走在路上，我又出現在地圖上了，但我並沒有印象哪一天有看見谷歌的街景車出現，且又剛好和街景車同速度與方向，持續出現在它拍攝的鏡頭裡。我繼續點選往前方的道路，我一樣出現在道路上，然後看見我在早餐店買早餐。這樣看來，拍攝的時間是早上。谷歌的街景車等速的跟在我後面。早上我習慣走路到兩百公尺左右的早餐店點份蛋餅或吐司，然後到便利商店買杯熱美式，再繞過那一區塊的房子回到住處，當作一種晨間運動，順便思考今天要做的事。我沿著這樣的路線搜尋，谷歌的街景車都拍到我，若不是超強運的巧遇，那麼，難道是谷歌街景車在追蹤我嗎？

街景地圖繞回到我的住處，我依然站在那裡看著前方，突然閃過一個念頭：也許我可以進去房子裡面。畢竟已經出現這麼怪異的事了，再多這一點也不無可能。但若是真的，這將是非常可怕的一件事。心臟的聲音已蓋過我全部的聽覺，沒想到身體的聲音可以這麼巨大，也許肉眼就能看見我的胸腔正在劇烈鼓動著。我移動滑鼠，繞過街景裡的「我」，點選背後的門。

進去了。畫面像俯衝進扭曲的空間一樣短暫的歪斜，我站在一樓的樓梯口背對著鏡頭，正準備上樓梯回到三樓住處。無法相信眼前的影像，像是在玩第一人稱視角的恐怖生存遊戲，每跳躍進入到下一個畫面，心裡的緊張感與衝擊就會愈來愈多，彷彿會有什麼變種的嗜血生物突然跳出來一樣。到了住家點選大門，進入了客廳。連房子裡面谷歌都進來了。我背對著大門站在電視與沙發之間，下一個轉角是通往三個房間的走廊：臥室、書房和儲藏室，我點選房間的方向，裡頭只有床和雜亂堆疊的衣服，我並未在裡面。用街景視角環顧自己的寢室很詭異，我想起臨終前靈魂出竅的故事，瀕臨死亡的人靈魂飄至空中，由上而下的俯瞰自己的狀態。

我沒有在房間，那最後我可能出現的地方就只有書房了。我把街景鏡頭轉向書房的位置，點選進去，看到背對著鏡頭的我坐在電腦前。我發現今天的衣服恰巧跟街景上的我一樣，桌上的擺設也差不多，放大一點看，物體的角度和現實中的我都一樣，電腦螢幕裡也正在看著街景。這難道是現在的我？我猛然轉身回頭往背後看：「爸爸！？」我大聲叫了出來。

「有沒有水？我又餓又渴的。」爸爸說。

爸爸穿著平常的打扮，白色 POLO 衫和黑色西裝褲，身後背著厚重的機器，向上延伸出一個管子，最上面是一顆圓球，好幾顆鏡頭藏在裡面。那應該是谷歌街景地圖的人體裝置，是用來探測街景車無法到達的地方的裝置。為什麼爸爸會穿戴這些裝置，而且爸爸已經死了啊。爸爸把遞給他的水一口喝了下去，喉結上下擺動，水卻從他的雙腳流了出來，在床底下蔓延成一個小水窪，但我並沒有問他怎麼回事，我只是驚訝地看著他，他是爸爸，真真實實的爸爸，雖然背上戴著愚蠢的谷歌街景攝影器材，但那是爸爸啊。

「唉，還是沒用啊，我又餓又渴已經一年多了。」爸爸說。他看著我驚訝充滿疑惑的臉，又補了一句：「我想你，擔心你。」他雙手一攤，好像小孩做錯事情一樣。

「我死了，我是鬼魂，現在幫谷歌工作，負責街景地圖拍攝。谷歌的地圖都是世界各地的鬼魂做的，不相信嗎？否則哪來那麼多人和街景車跑完全世界的大街小巷，而且完成速度這麼快，這些都是鬼魂和谷歌之間的協議。谷歌透過某種管道，招募了死去的鬼魂來完成這項任務，條件是可以回到自己親人身旁一陣子，這樣的條件對於剛死去不久或意外死亡的人來說，當然是求之不得的事情，我們都想再回到親人的身旁，看一看也好，陪伴在身旁安靜守護著。但是來看自己親人的代價，就是要付出好幾倍的時間到荒郊野外探勘。背著機器或開著車，一個人孤獨的上路，噢，應該說是孤獨的鬼魂。城市街道是基本的，最重要的是那些無人探險的祕境，谷歌需要鬼魂的幫忙。」爸爸說。

「所以，我來看你們了，」爸爸一副虧欠的樣子，「但也意味著我將真正的離開，到遙遠未知的地方去，死後真是一條漫長的道路啊。」爸爸苦笑著說。

「爸爸之後會去哪裡？」我問。

「到北方的西伯利亞。谷歌打算探索那一大片荒原，地處偏遠環境又惡劣，野生猛獸棲息的地方，只有鬼魂才可以辨得到。我沒去過那裡，所以其實有點期待，雖然又餓又渴，但基本上不會再受到任何傷害了。我人生的第一個壯旅就從死後開始，這是我覺得該向谷歌道謝的地方。幾年後，當谷歌宣布西伯利亞已可以使用街景服務時，就代表我已經完成任務，到時你就可以上網看看我走過的足跡。某方面來說，我就是你在西伯利亞的雙眼。」爸爸帶點驕傲的說。

「每個人都可以透過谷歌地圖看到我嗎？爸爸不想見媽媽和姊姊嗎？」我說。

「不，我故意讓你看到的。這就像一種儀式，發動條件，我必須透過這樣才能見到你，這個地圖限定在你我之間，我離開之後就會消失。但我特別向谷歌請求，希望之後保留你站在門口的樣子，因為覺得我們父子倆相呼應滿有趣的，呵，希望你別介意。同時也讓你留作紀念，一個爸爸曾經在死後回來找你的紀念。至於媽媽和姊姊，因為技術上的問題，我只能策劃一條路線，你們三個住在不一樣的地方，所以我便選擇了你。我想只要你知道我過得很好，這樣就可以了，我已經很滿足了。」爸爸微笑著繼續說，「我年輕時曾讀過有關於小獵犬號的書，當時就對於探險很著迷，但始終沒有付諸行動，就這樣突然死去。我很羨慕達爾文可以經由這樣的冒險，觀察到許多未知的生物。雖然路線不一樣，但西伯利亞應該仍然有許多未知的動植物吧。想到這裡，就跟小時候要去遠足一樣的興奮期待著。」爸爸說完後，背後的機器發出了聲響，提醒爸爸時間已剩不多。

爸爸給我一個擁抱。我們從未擁抱過，我感到自己有點生硬，但爸爸卻意外的熟練與熱情，死後的爸爸似乎有著我不知道的變化。「噢，好懷念的溫度。」爸爸說。

爸爸好冰，像是剛從冷凍庫裡走出來一樣。我們看著彼此一段時間，沒有說話。之後發現自己最懷念的是這個時候。爸爸要離開了，我隨意的抓起書房裡一個陶瓷熊偶，希望他帶去西伯利亞放在某個地方，如果地圖有將它照進去，那麼我就會用自己的力量把它找出來，我想跟著爸爸的腳步探索西伯利亞。爸爸笑著將陶瓷熊偶收起來，說會藏在很隱祕、也是最美的地方，等著讓我去尋找它。說完爸爸便轉身離開，背後的人體街景車發出些微鈴鐺般的聲響，接著便一片死寂，只留下床底下的那一灘水。

慢跑朋友

Running Buddies

艾德不是一位擅長慢跑的人，但他喜歡在傍晚時刻慢跑。出去走走也好，都坐了一整天，腦袋裡裝滿各種好的和不好的東西，攪拌在一起就會變得像瀝青一樣，又黏又臭，悶熱沉重，再也想不出新的想法，對艾德來說這就是慢跑的理由。像電影《刺激一九九五》裡的主角安迪在獄中操場散步，將藏在衣服裡的碎石沿著褲管慢慢排出，慢跑則是將思緒的碎石轉化成發亮的汗水蒸發掉，跑完一身輕，那種微微晃動的體力虛耗，艾德很愛，感到很享受。

艾德喜歡在傍晚跑步，他覺得夕陽很美，籠罩在魔幻時刻的光輝下，跑起來就更加有力量。看著眼前的夕陽奔跑，好像人生正跑向正確的道路上，城市也跟著美麗起來，不再抱怨住的地方不夠好。自我身世卑劣的哀愁，之前的猶豫不決，懦弱與羞恥之事都隨著晚霞的光芒照射而消失不見，身體與精神乾乾淨淨的，不再有一絲雜念。

艾德也喜歡傍晚進入黑夜的時刻，慢慢的隱沒在黑夜中，享受被黑暗包覆的感覺。緩慢奪去白天的視覺，換上黑夜之後如夜行性動物的視力，街上或跑步的人變成了剪影，不再有任何表情，每個人都專注在自己的步伐上，只有在偶爾擦肩而過的瞬間，些微掌握到他人的狀態：他的氣息、裝備與氣味。擷取這些簡單的數據，判斷陌生的人跑了多久，步伐多大與配速的快慢，會再持續下去嗎，之後還會見到他嗎。若是跑共同的圓圈範圍，就會選定一個目標，心裡暗自下定決心：下一輪還要再碰到他。以他為目標，若他不休息，我就繼續跑，直到彼此結束為止。這種隱形的對決，也是他持續跑下去的動力之一。

艾德正在路上，繞著一座梯形公園的外圍道路跑著。夕陽下影子長長的，路邊的野草閃爍著耀眼光輝。穿著螢光黃色的男子在前方，艾德起跑不久便看見他了。他步伐小而謹慎，兩手垂了下來在空中擺盪，艾德判斷他已跑了一陣子，正在舒展長時間弓著手的僵直，感受血液在手臂的流動，他也許已經越過了「障礙」，現在只要注意呼吸及步伐，就可以持續跑下去。艾德暱稱他叫黃男，每次來慢跑，黃男總是會跑在艾德前面，以一副跑一陣子的老手姿態出現在眼前，事實上他的確是中年左右的男子，艾德曾經在跑過他側邊的時候仔細看過他，眼神是中年男子特有介於滿足與疲憊的樣子，但體態保持得很完美，長期跑步的肌肉線條鮮明的展現在身體上。不管艾德提早或稍晚來慢跑，黃男始終在前面跑著。艾德無法確認他的起點或結束，雖然一開始艾德會超越他，但只是配速上的問題，當艾德開始減速穩定跑著的時候，速度就會恢復成和他差不多的狀態，結束跑步後，艾德就會看見黃男不疾不徐的從後面超越他，穩健持續不斷的跑下去。他的終點似乎無窮無盡，基本都在十五K以上，只要他體力還夠，似乎就可以持續跑下去。黃男是艾德的精神指標，時常以他為榜樣提醒自己要持續跑著，訓練自己的耐久力。

「今天也加油啊，我會試著堅持到你結束的。」艾德在八百公尺左右遇到黃男，在經過他身旁時對著他說。黃男並沒有反應，他的臉持續看著前方，那是一張表情嚴肅但仍保有餘力的臉。他似乎對艾德毫不在意，只專注在自己的速度上。

過了一圈多，夕陽更紅些，艾德身後的跑步聲愈來愈近，一個身穿紅衣的少年一下子便超越艾德，在他前面跑著。

「是紅男啊，」艾德心裡想著，「不知天高地厚的臭小孩。」艾德之所以看不起紅男，是因為他總是擾亂艾德的慢跑速度，他不斷的超越艾德，一圈又一圈的。起初艾德受到他的影響，不甘願輸給他（艾德時常幻想和陌生跑者競爭，他認為這樣有助於增加慢跑的耐力，能夠燃燒潛藏在身體裡的某種鬥志，同時也能夠保有顏面，就算輸了也不會怎麼樣）。於是他也跟著紅男的速度跑了起來，最後落得自己配速大亂，沒幾圈便支撐不住，甚至腳傷休息了好幾個月。但艾德之後就不再受紅男的影響，因為他每一次都在三圈後用盡氣力，最後都是緩慢撐著身體繼續跑。艾德知道他的底線了，所以不再視他為威脅。

「嘿！要不要來比啊？」艾德對著紅男大吼，「看誰跑得最久喔。」艾德不等紅男回覆便追了上去，這種穩贏的機會讓艾德樂於一再嘗試，畢竟快樂的事多做無妨，膩了就之後再說。紅男不理會艾德持續的衝刺，一下子就甩掉艾德。艾德恢復以往的速度，心想等到紅男衝次三圈後就會筋疲力盡，到時就可以輕鬆超越他。

一如往常，這場對決仍然會是我贏，艾德心裡想著。夕陽消失，暮色的藍覆蓋整個公園與艾德他們，天上幾隻蝙蝠飛得像塗鴉圈圈的線條，歪斜的往天空的另一邊飛過去。沒有其他聲音，只有艾德腳下步伐的沙沙聲。接近四圈半，艾德逐漸追上步伐漸亂的紅男，黃男則在他們之後默默跑著。

「少年啊，慢跑不是這樣跑的。」艾德靠近紅男時對著他說，本來想繼續對他嘲諷，但也許每次都這樣，讓艾德有點膩了。艾德把一些話收了回去，看著他的疲態，繼續保持勝利愉快的心情跑著，不到一會兒，紅男就被拋在後頭，變成雜亂的黑影晃動著。

艾德來到了五K。對他來說，五K是他的第一道障礙，一座堅實的牆，但若越過這裡，就會到達最佳的狀態。艾德稱它為平台，這是屬於艾德慢跑的魔幻時刻。短暫，但很有力量，在這個時刻艾德覺得沒有任何事情可以打敗他，這裡是屬於超然的自我，絕對無敵的狀態。也就是在這個平台，艾德將煩惱的事一一擊碎，像是用拳頭擊落物體，扎實的感受到問題的碎裂。面對面，毫不迴避的男子漢對決。

但他想起「那件事」，那件把大家的生活都搞成一團亂的事。仔細想想，艾德並不清楚事情是怎麼發生的，一切都沒有變化。那天早上鳥一樣在天空飛翔，叫著分辨不出來的各種聲音，鴿子在公園自言自語。一位女士遛著她的牛頭犬，因為牛頭犬聞了牠自己的糞便而讓女士吼了幾句牢騷，對著狗說你就是愛吃屎、你就是愛吃屎啊，說了兩次。早餐店老闆知道他要點什麼，未開口就已經做好，也記得幫他加點辣椒醬。

沒有人寫信給艾德，但收了幾張帳單，他在心裡默記繳費日期，在腦袋裡藏入一個鬧鐘，提醒他出門時必須繳清。他記得要撥打幾通電話給誰，預約下星期過後朋友的生日派對，他想著採買禮物的細節，該去哪裡該約誰，他想起了一位朋友，正要打給他的時候，事情就這樣發生了。

天空已從深藍轉成漆黑。忘了五圈過後又多跑了幾圈，艾德速度稍微慢了下來，他隱約知道，他的魔幻時刻即將結束。平台終究走到了盡頭，他沒有力氣再想起那些事，很小的可看見的，或者無形的，巨大迷惑的事，他都無法再擊碎任何東西。平台的盡頭危機四伏，連無害的東西都會想絆艾德一腳，讓他摔倒，跌入沮喪無限循環的洞穴裡。是門，艾德需要一道門，或者堅固一點的牆將那些東西阻擋在外。到此為止，必須結束任何形式的思考。

艾德停了下來，雙手垂放在空中，任由其隨意擺盪。艾德看著地面，調整呼吸一邊繼續走著，繼續走個幾圈，讓身心恢復原狀。黃男從身後超越過他，持續在艾德前面跑著，速度依然，體態仍舊保持良好，沒有任何想結束的跡象。

「喂～～～」過了幾秒，累積許久的思緒像是找到了缺口，艾德朝著黃男大喊，「我若一直站在這裡，你是不是就會一直跑下去啊？」黃男持續跑著，沒有任何反應。「你是不是把我當作目標，等我離開你才會停止。」「夠了！不要再跑了，沒有敵人啦，我們只剩下自己了啊。」艾德流下眼淚，視線模糊成一片。他把眼鏡拿下來收進口袋，雙手擦拭眼淚，順手甩入地面，眼淚陷入沙子裡成為一個凹洞。

艾德看向前方，前面空無一人。幾盞仍然在運作的路燈照著遠方，燈的下方是一片塵土與堆積一段時日的落葉。安靜無語，風吹動公園的樹林，讓幾群落葉在地上滾動著。艾德覺得有點冷，但這種冷和天氣無關，是一種疏離感，更深層古老的記憶裡的那種冷。

艾德配戴的是虛擬眼鏡，黃男與紅男都是電腦模擬出來的慢跑朋友。核電廠的爐心熔毀後，輻射溢了出來，無形無味，肉眼無法直視，靠得比靈魂還近。城市的人都離開了，周圍的小村莊也是，城市旁邊的城市，還有更偏遠的城市，也都撤離了。

在慌亂的撤離行動中，艾德得知一個祕密機會，跟著黑衣男子到一座無人倉庫裡，打開大門，裡面是鮮明光亮的實驗室。黑衣男子向艾德表明希望他留下來，幫他們做一些事，一些對人類有助益的事。但這件事並不是所有人都可以做，必須是特殊人選。他們看過艾德的資料，認為艾德是很好的人，可以勝任這項工作。艾德明白他說的「很好的人」是什麼意思，因為他無親無故，交友單純，沒有資產，在一家小型企業當小職員。他沒什麼好損失的。

「這項工作有個風險，就是暴露在輻射線中。但這也是我們的目的，我們準備了一些設備，這些儀器裝置會幫助你度過在輻射區的生活。這些設備已經研究了一段時日，但尚未有人體實驗來證明它，雖然這樣說有點不好，但這次是個好機會，讓我們能夠進行實際的人體實驗。我想這對人類未來而言，是很重要的一步，除了可以防範地球上具有輻射風險的地方，最重要的，是能夠面對宇宙外未知星球上無數的輻射威脅。而我們會隨時監控你的身體狀況，只要進行一個簡單手術將電腦晶片植入你的身體內，我們的團隊就可以二十四小時掌握你的狀態。一有威脅，我們也會派遣特殊人員過來將你帶離現場，並提供最完善的治療。」黑衣男子對著艾德說。

黑衣男子服務的單位是谷歌，谷歌提供了一筆可觀的經費來研究輻射對人體的影響。而這項研究，只是分屬在「外星研究」底下其中一環。谷歌有更大更遠、普通人類無法想像的目標，連艾德都無法再深入了解。艾德的眼鏡就是谷歌提供的，透過虛擬的慢跑朋友，以及各種生活的模擬畫面，讓艾德可以適應在輻射區下，無人的孤寂生活，稍稍獲得一些慰藉。

後來艾德得知，在輻射區的不只是艾德一人，谷歌巧妙的把他們安排在不同區域，讓他們無法得知彼此的存在。若是有人跨越區域範圍，谷歌就會用一些「方式」，讓他們離開那個地方。

「所以，我們真心誠懇希望你能夠答應這項任務。年限十年。事成之後，」黑衣男子遞過來一份紙袋，裡面有契約書、保證書、房屋與地契，以及一張支票。「我們將給你一份豐厚的報酬，這是我們覺得應該給予你的，你值得擁有。在事件發生後，能夠在無汙染的地方有一塊地，且不愁吃穿的生活，這是一般人無法想像與奢望的事。」黑衣男子滿懷感激的跟艾德說，彷彿他恨不得替換艾德成為這項任務的一分子。

「那我留在這裡該做什麼？」艾德接下紙袋，支票上的確是他這輩子尚未見過的數字。他覺得很荒唐，在這座倉庫以外，人們還在因為輻射的威脅而擠成一團，急著離開這不祥之地，但他卻在這個地方，只要十年過後，就會轉變成令人稱羨的幸運之子？

「活著。」黑衣男子說，「活著就好，一切如你平常的作息，想做什麼就做什麼。我們會安排一棟房子給你居住，你也可以隨意四處走動，但希望不要離開居住地太遠，因為若發生什麼意外，我們小組人員可以盡快的趕到你那裡。我所說的意外，是指超乎我們想像的事情出現。我可以向你保證，這些設備一定可以保證你的安全。」黑衣男子指示文件簽名蓋章的地方，然後交代一些基本瑣事後，看了看手錶，打了一通電話。

「那麼，祝您好運了，先生。希望能夠在十年後與你在新房子共享晚餐。」兩人握了握手。「而且沒輻射。」黑衣男子補一句說。

「啊對了！我們希望你寫日記。」黑衣男子走到倉庫門口時轉身喊著。

「什麼日記？」艾德說。

「隨便寫什麼都可以，寫在幫你準備的網頁上，詳細情形你再看看說明手冊吧。」

艾德依舊站在公園旁的道路上，拿掉眼鏡後就只剩他一個人站在那裡。今年是第三年，艾德想著。再過七年，他就可以躺在柔軟的草皮上，曬著太陽，喝杯冰透的啤酒，什麼也不做，什麼也不必擔心。他想起幾個常聯絡的朋友，他來不及跟大家說再見，雖然有網路，但只能做簡單的瀏覽，許多聯繫的功能都被限制住。黑衣男子與谷歌把艾德藏起來，這是他們的祕密實驗，不能對外公開。

晚上風很大，雲白白胖胖的在夜空中快速移動，留白的部分露出了清澈的星空。今晚像是天空之城拉普達的雲，我是守護墓園的機器人。艾德有所感觸，他想到一個句子，他覺得很美的句子，決定待會回去把它寫在日記本裡。或許也可以寫在網路上，也許會有很多回響。雖然對方只是黑衣男子和谷歌，認識的人都已不在。在核災之際寫下這樣的句子有何意義，自己也不清楚，但這是目前能夠做的事情之一吧，把當下的心情記錄下來，之後化成塵埃也好，被人讀到也好，這已經不是艾德可以控制的了。艾德高興的想著。

艾德把他寫的詩傳到網路。之後他不再寫日記，他都寫詩。後來黑衣男子透露，在二十名待在輻射區的實驗人當中，只有艾德在寫詩。他是輻射裡的詩人。

冰涼的壁虎

The Ice-Cold Gecko

下著細雨的早晨，與K撐傘到臨近的市場買水餃，小巷中迎面而來一位穿著黃色碎花連身裙的老太太。雨傘是水藍色，鞋子則是鮮豔的黃，在雨中閃著亮光，彷彿剛上完油漆色一樣。我喜歡老太太的穿著，決定放慢腳步幫她拍一張照。

就在慢慢靠近拍照的同時，心裡浮現一個念頭：若她突然轉身撇下雨傘，拿著利刃往我們身上刺過來，大概就會立刻倒在血泊中吧。血液隨著雨水在地上亂竄，像樹根一樣快速生長布滿整個柏油路。我想像著這種恐懼，這種隨時存在於生活之中卻微不足道的恐懼。

如果人是野獸，那麼愈靠近一個人，危險指數就會愈高，必須有所防備，防備牠突然躍起將自己撲倒在地。如同原始人的相遇，彼此需聞一聞，吼叫幾聲，才能確認彼此的關係。但我們不會這麼想，我們已離這樣的生活太遠，我們可以走在城市人群裡聽著自己的音樂，毫不猶豫的與數百個人擦肩而過，仍然沉浸在自己的世界裡。

但在北捷發生事情之後，似乎又把習以為常的生活搖晃了幾下，各種可能性懸浮在空氣中，隨時都可能觸發。靠近老太太時我變得緊張，心跳聲蓋過聽覺。K見我失神用手肘推了我一下，害我彈跳起來。

「怎麼，我是殭屍會咬你嗎？」K說完笑著咬住我的手臂，我痛得往傘外一躲，雨水順著後頸流往背脊，冰冰涼涼的，想起小時候丟進後背的壁虎。

蟬的左手

The Cicada's Left Hand

小武覺得自己是個廢材。

他正在圖書館裡讀書。夏日午後外頭像燃燒的平原，把路人都逼回家裡，或者有冷氣的店家中，連狗和鳥都消失不見，成為寂靜的街。只有蟬鳴一陣一陣的響著，提醒世界只是暫時停止，進入昏沉的午睡航道。持久的蟬鳴像鄰人的嘮叨碎語，最終突破防線崩落，讓小武往很壞的地方去想。

「那就去考公職吧，」爸媽在吃飯的時候跟小武說。「工作穩定，薪水又高，升遷又明朗。重點是福利，公家機關的福利多少人想要都要不到。」接著媽媽開始說著誰誰誰的兒子考上公職如何如何，某位上了年紀的誰考了不下七次，終於讓他考上之類的話等等。公職的話題在畢業後就時常在父母的口中提起，小武也問了朋友，他們也曾經從各自的父母身上聽到類似的建議。在以前壓根不曾看過一眼的公職，突然在畢業後變得舉足輕重起來，讓小武覺得迷惘，世界好像完整俐落的切開成兩面。大學前的生活在另一邊，而他現在正站在一個更遠、更大、更模糊不清的這邊。

然後小武就坐在圖書館裡了。拿著到補習班買的昂貴參考書，打算以一個人進修的方式考公職。也許就試一次，或者兩次看看，若沒考上再另做打算。也許就搬到台北去，先到那裡再說。反正所有的朋友都在台北工作，最後一定會有辦法的。

「同學對不起，這裡是圖書室，不能將私人書本帶來這裡閱讀，想念書的話請到樓上的自修室去。這裡座位有限，是給借書查資料的人使用的。」一位中年女圖書館員對著在座位上念書的小武說。語氣客氣，眼神卻銳利冷酷。

小武已經被逮到第二次。隔天在圖書室門口就張貼了一個電腦輸出的告示，寫了和昨天圖書館員類似的話。「分明是在針對我。」小武在心裡想著。

小武順著樓層指示走上位於四樓的自修室，才早上八點半，座位幾乎已經坐滿，一眼望去，全是低著頭、黑壓壓一片認真啃著書的學生。女孩的頭髮把額頭和臉頰全部蓋住，遠看幾乎只剩下鼻子和嘴巴，好像這個年紀都流行這種髮型，像是繭，把青春期充滿驚奇無法控制的成長蛻變藏起來，只要撐過這段時間，再一刀把蓋住臉頰的頭髮剪斷，重新讓臉暴露出來。

這些黑髮啃書的年輕人讓小武感到不自在，被包圍著的氛圍讓他喘不過氣。想起重考大學灰暗冰冷如喪考妣的補習班，幾段上課憋著尿意瀕臨潰散邊緣的記憶。才一個上午小武就坐不下去了，收拾好書本又溜到了樓下的圖書室，東張西望故作鎮定，在書櫃上隨意選了《傻子》、《唐・吉訶德》和《沒有女人的男人》，還有一本大開本的《西洋美術史》來遮住他的參考書，當作一種掩護，挑了一個靠窗外面有樹的位子坐下。

中年女圖書館員像是偵測到什麼一樣，緩緩的，從別處故意繞道經過小武，眼睛盯著小武桌面看一下。女圖書館員戴著鮮紅色的四方形眼鏡，臉頰撲上一層厚不見底的粉白。她看過書本沒問題後，就撇過頭消失在轉角書櫃中。小武知道她在檢查自己的桌面，還好有把參考書藏起來，等她回到座位坐下，就可以拿起來看了。

下午的日光傾斜照進圖書室，小武佯裝似的翻開西洋美術史，揚起久未閱讀累積的塵埃，在光線中飄散亂竄，一股書籍的霉味撲鼻而來。布魯格爾的作品《巴別塔》聳立在眼前，一幅巨大遼闊的塔。首先吸引小武目光的是那棟宏偉建築，像是還在興建中的樣子，裡面有許多數不清的小人還在搬運石頭，或者爬著樓梯，正在為工程趕工。建築物非常高，尚未完成的塔頂樓層已聳立在雲端，在建築物底下是一整排渺小環繞著巨塔的城鎮，連在城鎮散步的人也都畫了出來。巴別塔倚靠著港口，許多船隻運來興建用的木材石料工具，零散的堆放在港口上。看到這裡小武產生疑惑，不知道是工程太急促，或者是發生了什麼問題，圖畫中有些地方並不是很完整，如散沙一樣崩塌下來，像一灘軟化的泥土。

「據《聖經・創世記》第十一章記載，人類聯合起來希望建造一座可以通往上天的高塔，上帝對於人類的狂妄感到憤怒，便使人類說起不同的語言，彼此無法溝通，終於使這項計劃失敗，人們因此四散而去。」讀了說明小武才明白，原來這座塔最後沒有完成，也稍稍理解為何畫中有些地方崩塌混亂。書籍的粉塵讓小武眼睛泛著酸楚的淚水，始終無法退散。在午後涼快的冷氣吹拂下，睡意像一層膜包圍住腦袋，讓小武愈來愈沉重的將頭抵在巴別塔之上。瞇一下就好，他進來時看到另一邊有老人趴在那裡睡覺，稍做休息是允許的。十分鐘後我會開始衝刺讀書，我一定可以辦得到，時間還很多。小武在心裡下了決定。

「你這個騙子！」

「若沒有，那件事你怎麼說？還有三年前、五年前那些事怎麼說？」

「我非扭斷你的手不可，這是我爺爺的帳，」

「夠了夠了，我要中止一切，在我這一代中止一切，」

盛夏的蟬鳴猛烈性的響起來，像是突然有人朝著平靜的湖水投入巨石一般，在小武半夢半醒的意識裡炸出雜亂四溢的水花。是蟬鳴，還是有人在吵架？似乎有好幾個男人在大聲爭吵理論著。小武抬起頭看窗外，刺眼的陽光照得眼睛泛白，只有樟樹與黑板樹林立，並沒有吵架鬧事的人。

「狗屎！」一個男人大聲怒罵，小武受到驚嚇，立即站起來，椅子被推移與地板摩擦發出尖銳刺耳的聲音，圖書室裡坐著讀書或站在書櫃選書的人都被椅子聲嚇到，轉頭望向小武。原本在睡覺的老人驚醒的悶哼一聲。而女圖書館員更是從座位上站起來瞪著兩眼看著他，她希望小武為這失禮的舉動道歉。

「是不是有人在外面吵架？我從剛剛就一直聽到了。」小武對著女圖書館員以及其他看著他的人說。還四處張望，等待他們的認同。

「這裡只有翻書的聲音、電扇的聲音、蟬的聲音，是非常安靜高品質的閱讀場所，沒有人在吵架，希望你不要干擾到其他人的權益。」女圖書館員對於毫無悔意的年輕人感到憤怒，「我看你剛剛是在打瞌睡吧，不要把你做的夢跟現實搞混了。」女圖書館員忍不住又酸了小武一句。其他人冷冷地瞪著小武，或者竊笑幾聲，又轉頭去做自己的事。小武對於女圖書館員的那些話感到羞恥。

「但我明明有聽到啊，非常清楚的狗屎。」正當小武在納悶時，一陣嘩然的巨響排山倒海而來，像某個門被打開一樣，突然湧入了許多人潮的嘈雜聲，彷佛置身在熱鬧的市集裡面，只是這是一個充滿爭吵惡鬥謾罵的市集，沒有一句是好話，全是帶有仇恨的語言。但說話的人實在太多了，變成讓人感到不舒服的鳴響，簡直就是地獄來的聲音。

「外面造反啦！我敢說外面一定有一大票人正在鬧事，而且是不小的事。」小武朝向女圖書館員與其他人大喊，他想證明自己是對的。

「請你自制一點！」女圖書館員從座位上快步走到小武的位子前，「若你不想讀書就請你離開圖書館，不要影響到其他人。天啊，你究竟是怎麼了，這裡從剛剛到現在都非常安靜，除了蟬叫聲以外，就只有你一個人在吵。你說鬧事的人，不就是你自己嗎？」女圖書館員接二連三的向小武嚴厲的訓示與警告，這是最後一次，再鬧下去就必須把小武趕出去，必要時還會禁止小武再次進到圖書館。

「小子，喂，小子啊，」先前在睡覺的老人對著呆坐在椅子上的小武說話，但此時小武仍然聽見持續性的喧嘩，聽不懂老人是否是在叫他。於是老人過來碰觸他的肩膀，「小子跟我過來，快跟我過來。」老人點個頭要小武跟著他走，老人留長蓋住耳垂的白頭髮在空中晃動，寬鬆的藍灰色襯衫與短褲在移動中發出咻咻咻的聲響。老人經過門口向女圖書館員微笑一下，她沒有理會他，只是死死地盯著小武。

老人走出大門穿越走廊爬上幾個樓梯，進去走廊到底的廁所關好門，並將窗戶都關上後仔細聆聽。嗯，這樣蟬叫聲比較小了，老人滿意地確認著。小武則因為喧嘩聲變小而感到如負釋重，原本緊繃的臉瞬間垮了下來，但仍然對些微的爭吵聲顯現出疑惑警覺。

「你聽到的是蟬的叫聲喔。」老人轉開水龍頭洗洗手，捧著水搓著臉，鬆垮的臉在掌中拉扯，像麵糰一樣，瞬間好像變換成好幾種臉。老人從鏡中的反射看著小武說，「一種幻聽，我們暱稱為『蟬的復仇』。得到這種特殊疾病的人，聽到的蟬叫聲會和正常人不一樣，會變成一種謾罵爭吵，就如同你剛剛的經歷一樣。那些都是真的，那些就是蟬的叫聲。等同於你聽得懂蟬在說什麼。發生的條件無可考，有的很年輕，已知最小的年紀是九歲，也有人則是到七十幾歲的晚年才發生。我則是在三十二歲時發生，我記得很清楚，反應就跟你剛剛一樣，非常的驚訝、無助。那時我在工地，是一個建築臨時工，正在砌一道牆。那時八月初，太陽曬得火熱，突然一陣巨響嚇得我把一車水泥給翻倒。哪來的一票人在怒罵？我環顧四周，工地就那幾個人。後來工頭見我神情怪異胡言亂語，以為我中暑了，叫我回去休息個兩天再來，他說他可不想付我醫療費。」

「隔天情形依然一樣，我在工地裡摀著雙耳，劇烈的爭吵聲讓我快受不了了。一位年輕人走過來，把我拉到旁邊跟我說了關於蟬的事。他比我年輕，是在二十二歲時聽見蟬的復仇。然後他從口袋裡拿出一袋黑黑的東西，叫我吃上一個。」老人雙手撐在洗手台上看著鏡中的小武。

「是藥嗎？這是可以治療的？」小武急迫的想知道答案。

「不是藥，這可是無藥可醫的。是蟬蛹，酥酥脆脆的炸蟬蛹。凡是聽見蟬的復仇，沒有別的方法，只有吃下炸蟬蛹才能夠使狀況穩定下來，暫時紓緩這種現象。說暫時，是因為每個人的體質和狀況不同，炸蟬蛹的效用時間也不一定，有的人可以撐上一整天，有的一個上午就慢慢消退，也有人甚至隔幾小時就必須吃一顆炸蟬蛹。所以，最好的方法，就是遠離蟬叫聲。像我們這種人，夏天就得遠離樹林公園，離郊區愈遠愈好，安分的躲在大樓裡最安全，把窗戶關的緊緊的，不讓任何聲音透進來。」

「那你現在有炸蟬蛹？」小武說。

「我不隨身攜帶。我的體質是早上吃上一盤，就可以撐到傍晚，所以白天的蟬鳴對我來說並不會有太大影響。小子，你去台中大坑九號步道山腳下，有個攤販專門在賣炸蟬蛹，聚集在那裡喝酒吃蟬的中老年人，都是聽得到蟬鳴的人，他們都從年輕吃到老，吃上一輩子，沒有結束的時候，哈哈，就跟蟬鳴一樣，仇恨是無窮無盡的。你覺得蟬蛹幹嘛在地底下待個三、五年？他們在記仇，把他們父母親上輩子和無數個上輩子所累積的仇恨傳承下來，然後破土而出，展開為期約一個月左右的復仇計劃，在壽命將近時趕緊交配，再把未完成的仇恨傳承給下一代，就這樣無限的輪迴下去。這就是蟬的一生。最兇猛的是美國的十七年蟬，那是無法想像的地獄之聲，淒烈的哀嚎響徹雲霄，怨恨深植人心，將自己扭曲成連自己也不認識的人，發狂瘋癲一輩子。那是吃蟬蛹也無法抵禦的聲音。在十七年將近時，千萬不要踏進美國啊。」

蟬說的並不是迴異的語言，而是好幾世代的記憶與仇恨。

說完老人走近小武，拍拍他的肩膀，勸他趕緊去大坑步道買炸蟬蛹。聽見蟬的復仇會使得整個人身心產生極大的變化，敏感易怒，只要小小的火苗，就會變成燎原的大火，尤其是初犯者，到時會變得無法收拾。

「病情嚴重的人，會變成昆蟲人喔。突然想吃很多東西，但體力卻逐漸下降，易睡易怒，皮膚變得又硬又厚，逐漸變成一個硬殼，然後脫殼而出。脫殼狀態會經歷好幾次，身體愈變愈小，愈來愈像隻蟲子，最後就變成一隻真正的蟬，吃掉自己的空殼，振翅而飛，自己在世界上的證據從此消失無蹤。」老人說。

「再見了，祝你好運。」老人向小武道別，轉身離開圖書館。在小武看著老人轉身離去時，他發現老人的左手似乎有點不一樣：釉黑的手指分成兩半呈V字型，關節的地方有突起的瘤，僵直不自然的往外撐開。小武直覺像是蟬的左手。

小武回到圖書館，蟬的復仇仍然持續在響。小武打算趕緊收拾好書本搭車去大坑，但他沒去過那裡，原本想說要打電話問朋友，但這件事不能讓他們知道，得自己查好地圖。先去藥局買耳塞好了，對，先買耳塞。這沿路上不知又有多少蟬鳴，而且大坑又是郊區山下。怎麼會把攤位設在這麼容易有蟬鳴的地方？就在小武呆立在座位上的時候，女圖書館員出現在他面前。

「我看到了你帶的書本，」女圖書館員指著被壓在《西洋美術史》下的公職參考書，「我說過了，想念書就去自修室，不要在這裡佔位子。更何況你是會影響別人不自愛的人。」女圖書館員上下打量著小武，「想考公職沒那麼容易，我費了多大的工夫才考上初等考試。像你這樣沒定性的人啊……」

女圖書館員繼續滔滔不絕，蟬的復仇如鼓聲般震動小武單薄的身體。小武吃驚的盯著她看，感覺有什麼不對勁。瞬間小武明白了，天啊，他認識她。他認識她好久好久以前的祖先，她的古早祖先曾經佔了小武祖先的便宜，一筆不小、扭轉幾代族人命運的便宜！小武兩眼怒目，愈想愈氣，嘴巴發出尖銳如蟬刺耳的悲鳴，振動雙臂，化作一隻猛蟬，朝女圖書館員身上撲了過去。

噩夢與藏品

Nightmares and Collections

阿水的小孩又在半夜嚎啕大哭了，街犬也開始跟著吠叫。

已經不知道第幾個晚上。在靜謐的鄉下，聲音大得連鄰居都聽得一清二楚，紛紛打開電燈往窗外看是否發生什麼大事，得知是阿水家的小孩做噩夢了，便一笑置之的回去睡覺。但這情形已經持續快一個禮拜，就算鄰居感情再好，終究還是面露難色地，開始抱怨了起來。閒言閒語四處流傳。

水金嫂先來到阿水家探視，佯裝閒聊，其實眼睛偷偷觀察小孩的身體，看有無被虐待的痕跡。阿珍發現水金嫂的企圖，羞辱感與連夜照顧小孩的疲累奪眶而出，眼淚直直落在龜裂的灰色水泥地上，重到彷彿都可以聽到撞擊的聲音。

阿珍說：「我怎麼可能打我兒子？你仔細看看他，一點事也沒有。但一闔眼就做噩夢，這叫我怎麼辦啊？」水金嫂看見阿珍難過的樣子，覺得對她的懷疑感到不好意思，安慰幾句便匆匆離去。謠言消失一個，另一個就順勢而生。有人說是算錯生肖沒安太歲，有人說阿水家族命不好，每隔幾代就會歹運，有人說某某某參加完喪禮，把不好的東西帶過來。更有人說，是阿水的那些收藏品惹的禍。

阿水是茶商，也是一名收藏家。他常因為生意的關係需要四處奔走，場面和人見多了，眼界也提升不少，常因為眼光獨到而購買一些東西，漸漸的變成小有名氣的收藏家。阿水的藏品並不是昂貴的古物，而是他擅長從平凡的物品中發現它的價值。如在路邊看到隱藏在雜草叢裡的石頭，在清洗處理完之後閃耀光澤，放到盆子裡就變成高價的奇石；到鄉下朋友家弔喪，發現友人父親死後留下一箱稿紙，裡面書寫的是夾雜鄉土寓言的魔幻寫實家族史，代友人集結出版後得到很高的評價；經過田野間，聽聞老農哼唱不知名的歌曲，原來是幾乎失傳的古調；在跳蚤市集，在整批販賣的黑白照片中發現早期攝影師鄧南光在後期使用的極小相機作品。

阿水總是憑著他敏銳的觀察力，找出令人驚嘆的東西。但有一截木頭卻是阿珍認為讓小孩睡覺做噩夢的原因。阿水在某位茶農家中，看到一截長條形枯木擺在工具間牆角下，雖然布滿斑駁痕跡和蜘蛛網，但阿水仍看得出來它的形狀像一條龍。阿水跟茶農說起這件事，茶農搖頭說看不懂。若喜歡就帶回家吧，茶農說那是友人在山上撿到放在這裡的東西，已棄置一段時間，拿走沒關係。帶回家後阿水清理一番，龍形愈來愈明顯，但顏色略淺。阿水決定將它髹上黑漆，整條龍就亮了出來。

「這是什麼？」阿珍問。

「一段龍形枯木。你看像不像一條龍？」

「像是像，但怎麼只有半身？它的身子之後全沒了。」

「那倒是沒關係，重點是這顆龍頭。半身之後斷裂消失，反而更增加牠呼之欲出的氣勢。你看看牠的嘴巴，一段朽木居然可以扭轉得這麼神，真是一項傑作。看來我又撿到好東西了。」

阿珍看著龍頭，愈看愈覺得有點害怕，牠張開的嘴巴，好像是要咬住獵物的瞬間。幾個分裂的地方突出成為尖銳的牙齒，有股駭人的氣勢。但這種東西有氣勢就有賺頭，阿珍心裡想，便不去想害怕的事。收藏龍頭的隔天，小孩便開始在半夜哭鬧。之後阿珍推算時間，懷疑是那根朽木的緣故，她覺得就是龍頭害的。但是她並沒有立即向阿水說出這個想法。

「我們什麼都試過了，跟謠言有關的方法也都做了，但都沒有用。阿水，我們要想想辦法啊。」阿珍看著明明是小孩卻顯露疲態的孩子，難過的跟阿水哭訴著。

「去找虎叔吧。」隔日從外地回到家鄉的二伯跟阿水夫婦說。他是去拜訪坐月子的三女兒時聽親家公介紹的。

「虎叔專治夜半驚嚇或受噩夢困擾的疾病，頗有名氣，可去試試。」阿水夫婦聽完決定去找虎叔，立即打電話預約好時間。電話那頭的人說這叫「斬夢」，過程需兩到三天，看實際狀況而定，得住在這裡幾晚。阿珍收拾好行李後，便出發去找虎叔。

虎叔的家位於K城郊區，獨棟兩層，表面貼著由淺藍、鉻黃和褐色幾何排列的細緻磁磚。地廣人稀，周圍環繞一片毛竹林。由於附近多是種植水稻的農家，對外聯繫的道路都是又細又長棋盤狀的產業道路。清晨多霧，夜晚有百萬蛙鳴。讓尚未見過虎叔的阿水，對於「虎」這個字，多了點忐忑不安與敬畏。

「住在這裡，感覺就是真正的老虎。」阿水在傍晚抵達虎叔家時說著。

但實際見到虎叔，卻讓阿水感到吃驚。虎叔長得面善，甚至有點可愛。會叫虎叔，是因為他笑起來的嘴型和嘴唇上面的那兩塊肉，厚厚鼓鼓的，很像貓科動物的嘴。叫貓叔總是不好，滅了威風，於是大家便稱他虎叔。虎叔四十出頭，精壯型的矮胖，遠看的確像是剪了耳朵的老虎。講話氣力十足，時常精神抖擻，眼睛瞪得圓圓大大，不時閃著光芒，很像那種怎麼喝酒也不會醉的親戚大叔。

「我是無意中發現我會斬夢的，」虎叔迎接阿水夫婦走入自家門口，開始說起自己的過往。「其實應該說是抓夢，因為當時我是用抓的，哈哈！」虎叔爽朗笑了幾聲。

「我十歲左右，那時鄉野間流傳殭屍橫行，殭屍跳啊跳著，在黑夜擄走夜歸的孩子。我當時很害怕，晚上便做了噩夢，雖然不是夢到殭屍，但肯定是某種令人恐懼的東西。我全身盜汗，在夢中喊叫，揮舞手腳抵抗著。就在我揮手的時候。意識到好像抓住了什麼東西，牠在我手中竄動掙扎著，我用力一扯，將牠摔落地面。我清醒過來，趕緊看地板，黑色形體的東西碎了一地。我知道牠是什麼，因為在碎片裡我看見了爪子，還有像眼睛的東西。父母親聽見聲響，趕過來我房間，他們吃驚地看著地板上的碎片，說那是壞東西，得把牠燒掉。於是半夜我們一家大小在庭院生起柴火，把那些黑色碎片丟進去燒了。那是很奇特的經驗，半夜繁星布滿天際，我們穿著睡衣在燒東西。」虎叔說。阿水夫婦聽得入神，小孩似懂非懂的也聽得津津有味。

「還有更神的，」虎叔眼睛亮了起來，右手指捏著他嘴唇上的肉球繼續說，「空氣中瀰漫一種香味，是烤肉的味道，像牛肉。半夜一家人肚子都空著，聞著這味道我們不由得面面相覷，腸胃翻攪發出聲響如鼓，怎麼掩蓋也蓋不住貪食的欲望。我人小鬼大，先上前用樹枝勾起一塊冒著煙、滴著油脂的肉。母親緊張的叫我別吃，但我知道他們是希望我吃掉牠，因為就算我不吃，最後他們一定也會上前撈上一塊。我掰開肉塊，香氣逼人，雙手布滿豐富的油脂，咬下去竟真的像是牛肉，且是油花分布均勻的上等牛肉。『是牛肉啦！』我向父母大喊，他們倆便衝過去火堆，把尚未烤焦的肉撈起。那天深夜，我們一家人就這樣當場把那些肉嗑完。躺在庭院裡，摸著肚皮，看著白茫茫的銀河，在餘燼滋滋作響的陪伴下，深沉的躺到了早上。

「清晨，附近早起的鄉民土水伯看見我們一家躺在院子裡，嚇得趕緊過來搖醒我們，看到一旁有火堆灰燼，以為我們出了什麼事。但土水伯一靠近就注意到了香氣，問我們半夜是在烤肉嗎？我媽將昨晚的事告訴土水伯，我的噩夢與絕美的烤牛肉。土水伯嘖嘖稱奇，香味的確相當誘人，更何況現在烤成灰都這麼香，那當時一定不得了。土水伯轉身回去告訴友人，友人再告訴他們的友人，然後鄉里的臭彈王又在廟口榕樹下跟數十人說嘴，憑著他的想像力增加點戲劇性，把眾人說得神魂顛倒，好像自己當時也在現場一樣，於是許多鄉民都聚集到我家，希望也能嘗上一口肉。爸爸耐不住眾鄉親的要求，說等晚上看看吧，得等我兒子晚上做了夢，抓到牠之後才有肉吃。其實我爸媽也想再吃上一塊肉，他們想念那種滋味，就順著鄉親的意思，要我晚上再做一次噩夢。」虎叔帶阿水夫婦進入客廳，虎叔的老婆請他們坐下來喝些茶水和糕點，繼續聽著他未完的故事。

「但說噩夢就做噩夢，哪有那麼容易的事，整整過了三天，我的夢一點動靜也沒有，睡著醒來就是天亮，半點事都沒夢見。鄉親來來去去，一次又一次的失望，有人開始懷疑這件事的真假。我爸媽為此起了口角，爸說這已經不是肉不肉的問題，這是面子的問題。母親焦慮，父親動氣，我則認為自己太沒用，整個家籠罩著沮喪的心情。晚上爸來陪我睡覺，他認為應該是我睡得太熟，沒有看見那些東西。若他躺在床邊地板上，有任何動靜，也許能看得到，就可以一起抓住那個東西。但爸爸卻先睡著了，打呼聲此起彼落，過了一會卻伴隨著低鳴的嗚嗚聲。我起身看爸爸，他滿臉盜汗，表情痛苦，而他的頭上，有著一匹像馬卻沒有頭的綠色無頭馬，用牠的前蹄上下踩著爸爸的額頭。我立即朝無頭馬飛撲過去，和牠在牆角扭打成一團。爸爸被撞擊聲驚醒，看我抓住那個東西，隨手拿了床邊的木板凳，叫我閃開，然後重重的朝無頭馬身上敲了下去。重擊四、五下之後，無頭馬便躺在地上奄奄一息。我說爸這是你做的噩夢。爸說對，冷汗直流的說：『我夢見臭彈王在榕樹下跟鄉親說我的壞話。』」虎叔說。

「之後我媽立即打電話給土水伯和臭彈王，順便叫他們通知其他鄉親。午夜接近兩點，眾鄉親疲憊中帶著吃驚的眼神，盯著放在庭院紅色圓桌上的那個東西，綠色似馬非馬的無頭馬怪。這真的可以吃？從每個人的表情可以看到這種疑惑，他們從未看過綠色的肉，更何況想像牠吃起來的感覺。而我們也不敢保證，因為牠長得跟我前幾天夢見的東西不太一樣。『不切切看怎麼知道呢？』爸爸大聲吆喝，順便替自己壯膽，開始拿刀肢解無頭馬。無頭馬幾乎無血，骨頭細如竹枝，內部肉質粉紅，外側有一圈黃組織，爸爸很快就將牠肢解成數疊肉塊。媽媽在一旁已經架好了炭火，夾走一塊肉開始烤。肉一碰到烤網便滋滋作響，油花跳個不停，香味讓鄉親們像是第一次聞到烤牛肉一樣，飢腸轆轆。媽媽很快的就烤好那塊肉，雖然氣味相當誘人，但鄉親知道那是綠色無頭馬的肉，心裡還是有點罣礙。

「『臭彈王你先吃吧，我可是夢到你講我壞話才捉到牠的。』爸爸說。臭彈王聽完哼了一聲，說吃就吃嘛，把肉拿起來啃。臭彈王咬了一口就大聲驚呼，說吃起來像牛，但口感卻像鮮魚肉般的細緻。鄉親聽完爭先恐後的把肉投入炭火裡，那一晚大家都吃得相當盡興。」虎叔說完喝了一口茶。對於這樣的事蹟，阿水夫婦聽完不知該做什麼回應，只能繼續看著虎叔。事後虎叔的老婆說這是正常反應，每個第一次來的人都是這樣，虎叔也挺故意的，她說他喜歡看客人傻掉的樣子。

虎叔把手指指向天花板，說：「所以我們二樓陽台有兩盞燈，一紅一藍。若晚上有斬到夢，有肉了，就會點上紅燈，若沒有就點上藍燈。因為不是每次都能順利可以抓到夢，得看機率。而每到深夜都會有想吃肉的鄉親聚集到我家門口，每次都得出去招呼也麻煩，所以才想到用燈號來表示今晚有沒有肉。若是藍燈，他們看見之後就會自動散去。我們給這些肉取了名字，叫『善肉』。因為只要斬掉一次夢，大概會有一到兩年的時間不會再做夢，連普通的夢也都消失得乾乾淨淨的，而且這些肉又都鮮美，簡直就是上天賜給我們的禮物，所以才取名叫善肉，以表示感激。」

「但也並不全是因為斬不到夢所以點亮藍燈，」虎叔露出藏著祕密般的微笑，「有時是我不想弄壞牠。就如同剛剛說的，每個噩夢的形體都不一樣，有些像動物，有些還有各種形狀的石頭，沒看過的植物等等。牠們很美，美到我想保留牠們的形狀。於是我並沒有把牠們切成肉塊，而是變成我的收藏品，被我小心呵護的保存下來。」虎叔說完起身，他要帶他們去看他的收藏品。阿水聽見收藏品這幾個字，心裡激動著，這是他的最愛。噩夢的獸會美到什麼程度？阿水不斷地猜想。走路時他的心跳讓他感覺全身血液都在奔騰。

虎叔帶領他們穿越走廊到一樓最後面的房間，收藏品位於房子後院，是為了存放這些藏品而特別加蓋的空間。阿水一踏進去，立刻目不暇給的看著，數以百計的「東西」整齊排列在架子上，底下分別貼有標籤紙卡，詳細記錄物品的緣由與日期。有類似木雕、石雕、玉石、化石、巨型骨骸、像還在生長中的未知植物和不知名動物形體的東西，也有許多細小的物件存放在玻璃罐裡，如各種形狀的指甲或爪子、昆蟲的鱗片、閃耀光芒的毛髮、不同色澤的眼球、泡在液體中類似標本的東西。在一個盆子裡，有冒著青色火焰的土。種類太多，阿水一時無法全部釐清是什麼，這裡簡直是異世界的博物館。虎叔看著阿水吃驚的表情，沾沾自喜起來，滿足之心溢於言表，微笑著拉著阿水的手臂介紹藏品。

「你看這個。」虎叔指著一件類似石雕的東西說。阿水盯著它看：乳白的色澤，圓滑的質感，流線型的人形線條躺在架子上，形體之中又有抽象性的變化，帶給觀者不同角度的解讀和想法。

「好美，好像英國雕塑家亨利・摩爾的作品。」阿水說。

「啊哈！是吧是吧，」虎叔開心的說著，難得有人懂現代藝術。「這是一位詩人所做的噩夢，不曉得是不是跟職業有關，使得他的噩夢具有抽象和詩意的美。當他的噩夢顯現在他旁邊的時候，我被這種景象給震撼住了，我直盯著牠看，牠就倒臥在詩人身上，彷彿是在靜靜聆聽詩人的心跳聲。我下意識決定不能破壞牠，我希望能夠保留牠的樣貌，得將牠留著，因為實在太美了。詩人因為噩夢眼皮劇烈跳著，我得盡快完成作業。我走過去，抱起牠，意外的容易。我把牠放在地上，用雙手勒住牠的脖子，稍微掙扎一下之後，牠就斷了氣了。最後變成現在如亨利・摩爾雕塑的東西，成為我第一件收藏品。」虎叔摸著藏品說，他也請阿水摸摸看。阿水觸摸的時候感動得說不出話來。

「再來看看這件。」虎叔穿過幾個櫃子，來到一個特別寬敞的地方。一棵如火焰般竄起的樹木聳立在眼前，高度超過三百公分。「這是隔壁鄉鎮一位百歲人瑞做的噩夢。也許是因為年紀的關係，連噩夢的形體也露出歲月痕跡，表面紋路構造清晰，溝槽也特別深，有些部位還披上類似青苔地衣之類的東西，但若仔細看，那又是數以萬計、各自造型不同的細小植物，非常令人驚奇。彷彿這火焰樹形是一個幹體，而表面又孕育了另一個世界。更不可思議的是，這棵火焰樹仍然活著，就真的如火焰一樣，以極緩慢的速度在旋轉變形著。」虎叔拿了幾張不同時間拍攝的照片給阿水夫婦看，每一張的火焰樹都長得不一樣，忽高忽低的，像是真正在燃燒一樣。虎叔又拿起一個罐子，裡面塞滿許多類似蒲公英的東西，他說火焰樹還會掉落這樣的東西，跟燃燒產生的灰燼一樣。

「雖然牠還活著，但這並不影響人的生活，抓完夢之後，人瑞不再做噩夢。之後我不放心隔一段時間就去探望她，想了解是否有異樣。但什麼事也沒有，好得很。人瑞在去年安詳的離世，留下這棵火焰樹繼續生長。」虎叔說。

「虎叔，那你看看這個。」阿珍從袋子裡拿出阿水的龍頭藏品。「這是阿水前陣子收的東西，我懷疑這就是造成孩子做噩夢的關係。剛才看過你的收藏物，我想這之間也許會有關聯。」阿珍說。

「啊，難道是牠？」虎叔拿著龍頭到另一排櫃子，上下找著藏品，在一個箱子裡找到一個彎曲的長形物體。

「原來跑到你那裡去了。這個像龍的東西，是一個少年做的夢。當噩夢形體顯現出來的時候，牠就真的像龍一樣，充滿精力的在房間四處亂竄。我忙了許久仍然捉不住牠，好不容易費力抓住了卻扯斷身子，一般來說噩夢就會因此死亡，但這顆龍頭卻撞壞門窗衝了出去，只留下這像尾巴的東西。也許是牠還留有餘力，才使得孩子做起噩夢，移轉到他身上。」虎叔說。

阿水的孩子打了瞌睡，身體往前傾差點跌倒。「啊，孩子累壞了，先讓他去休息吧。他已經累了一個多禮拜。」阿珍說。

「也好，先讓他上樓睡，也許待會很快就可以來斬夢了。若真的是龍的形體，那我準備好網子架在四周，應該很快就可以抓住牠。」虎叔說。

小孩在二樓的一間寢室睡著。虎叔將窗戶和門緊緊閂住，再用木板釘好防止撞擊，四周架好網子，隨時捕捉竄起的龍形噩夢。阿水跟虎叔說他想進去看看，所以也跟在一旁。虎叔說噩夢只有他一人可以看得見，但只要觸摸到牠，就會顯露形體，旁人也看得見。所以到時阿水也可以幫忙制住龍體。兩人坐在床邊的椅子上等待，阿水緊張地冒著汗。是他害小孩做噩夢的，他有責任要抓住牠。

過了一個多小時，孩子表情驚恐，開始蠕動身體，像蛇一般的扭曲著。虎叔看見了上方盤據的無頭龍對著孩子吐著白煙，便拿起竿子向前往上戳，無頭龍受到驚嚇往外竄，虎叔順手碰觸到牠的尾巴。

阿水看見在房間猛烈撞擊的無頭龍，果然跟他收集的藏品一模一樣，也趕緊拿起竿子向上揮舞。虎叔大喊把牠逼到角落，拉了繩子，網子掉了下來將無頭龍給網住，只見牠在地上奮力掙扎著。虎叔叫阿水閃開，換上厚重的槌子，往無頭龍身上砸了過去，扭曲的無頭龍便奄奄一息的躺在網子裡了。阿水在一旁說不出話，只能呆呆看著這幅景象。孩子站起來，在床上看著虎叔和他的爸爸。

午夜十二點多，虎叔叫老婆在二樓陽台點上紅燈，眾人見燈歡呼聲四起。

「是什麼肉啊？」樓下有人問著。

「是龍肉啦，是小孩子做的龍夢喔。」

幹！讚啦！每個人高興得像是過年似的，在門口跳啊跳，彷彿深夜不曾降臨。

蹲在掌紋峽谷的男人

The Man Who Stoops in Palm Line Canyons

有時我張開雙手，看著掌紋，希望能夠得到一些什麼。

「我到達線的哪裡了？」用年齡推算，也許還在幸運的那一邊。幸運線有個斷層，在抵達懸崖之前，不知會有什麼預兆。要抬頭看天空，還是感受身體內部那些溫溫的、有時痛一下的訊息？

持續張開掌紋，在等紅綠燈的途中，在屋簷的雨水滑入手心的時候。在充滿霧的山上，希望霧的模糊，能讓掌紋的線變好一些。我的掌紋又細又多，命理老師說這樣的人總是想得太多，好像在海邊看到什麼亮亮的東西都想撿，掛在身上，最後就會沉入水中。

「這些思緒最終會將你拖垮的。」

往掌紋更深的地方看，那是一個大峽谷，愈來愈深，我看見一些黃色的石頭，搖晃的耐旱植物，還有一些沙子。我看見了我自己在峽谷裡，抵禦著帶有沙子的狂風，一個人蜷曲地蹲在那裡。不知道那個我有沒有水可喝。那個我抬頭看我，他的眼睛好紅，沙子幫他的眼睛著了色。

他說：「我走到這裡了，你能不能幫我看看前面還有沒有路？」

我回答他說：「前面有幾個小岔路，但不長，很快就會碰到死路。但繼續再往旁邊走，路就會消失，中間一片空白，然後在另一頭又浮出新的道路。」

那個我跟我說聲謝謝：「就算是路不長的道路，我也會去走走看，也許會有不可思議的事情發生。到時若你看到掌紋的線變長了，那就是我發現新的路徑，走上新的道路了。」

我跟那個我說：「我會的，我會繼續看著掌紋，觀察新的變化。若你找到新的道路，那應該是很值得高興的事，到時我們應該要一起慶祝一下。」他笑了一下，繼續蹲在很深的峽谷裡，繼續抵禦有沙子的風。

「對不起，讓你難受了。」我看著被狂風襲擊的那個我在心裡想著。我知道有沙子的風是我造成的，不是命運，不是偶然，那個理由我知道。

我的世界是由蹲在峽谷裡的我走出來的。打從一出生，那個我就比我還早探險世界，他緩緩的探索掌紋峽谷，把線拉得更長，踩得更深，慢慢的建構出我的生命、命運與愛情。那個我來來回回的在掌紋峽谷走著，其實相同的道路，他已走了好幾遍，但他也必須如此，必須在平凡的地方找出新的東西，讓掌紋隨著時間變化，讓成長的我有遵循的方向。

但在發生一些事情後我發現，也許有些掌紋是我自己創造出來的。我創造一些裂痕，一些像是被蕨類植物覆蓋的幽暗小徑，一些獸的足跡，一點聲響，引誘在掌紋峽谷裡的我去探索，進而走出新的道路。今天的我會這樣，責任並不完全在掌紋峽谷裡的我，我自己也佔了很大一部分原因。命運掌握在自己的手裡，同時也在自己的意識裡。

The Man Who Stoops in Palm Line Canyons

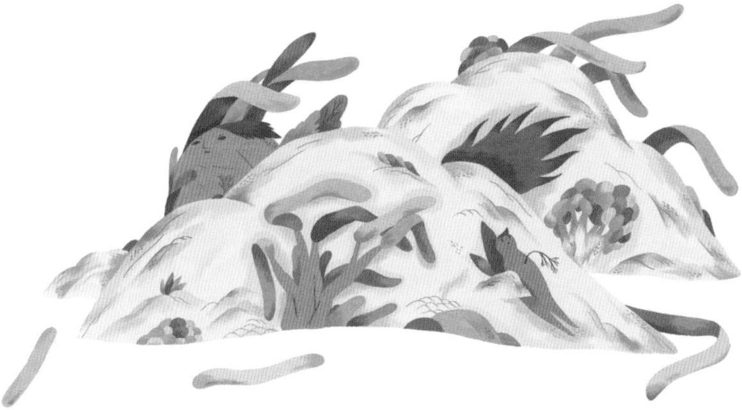

◆

「嘿！」一個男人在呼喊。

「在這裡啊，嘿！」我抬頭看天空，男人在天上揮著手。

「嗨，你好嗎？抱歉這麼久才來跟你打招呼。其實應該要更早一點跟你相認，只是我不太相信命運這個東西，我比較信任自己的意識。人生這個東西應該都是一點一滴自己走出來，倘若人的一生是規劃好的東西，那我們存在又有何意義呢？」天上的男人說。

逆光造成男人的臉頰變成剪影，我舉起左手遮住陽光，終於看清楚男人的臉，是另一個我。

「但最近發生的事，有一種漸漸步入某種陷阱或邪惡暗溝的感覺，讓我不得不相信有命運這個東西存在。我第一次對自己的判斷猶豫不決，感覺總是在做錯誤的選擇，變得有點害怕，我推掉所有的邀約，把自己鎖在家裡不出門。所以我想到了你。

「我上次看掌紋的時候應該是國中吧，坐在我隔壁的女生抓住我的左手，一一跟我解釋每一條線的意義。我當時只覺得有趣，並不把它當作一回事，直到幾天後放學等公車感到無聊，想到女孩說的掌紋，才又把手掌拿起來看，我就是在那時候發現了你。發現你的時候我並沒有太驚訝，反而是一種『喔原來掌紋是這樣的意思』的想法。

「你在掌紋裡頭創造命運，我在掌紋外頭面對命運，感覺我們倆是分工合作的概念，但並沒有誰佔優勢。因為在外頭的我，也會因為我面對事情的態度而改變掌紋所創造的命運。態度是命運無法掌握的東西，它有可能把好的事情搞砸，不好的事情，也許轉個念，就會變成好的事情。所以，我想既然掌紋命運是個基底，那影響事情的關鍵就是我的態度，我便不再看你了，我專注在我面對的人事物上。但是，我最近實在太糟了。這違背了我長久以來建立的信心，不得不想到待在掌紋的你。你還好嗎最近？」天上的男人有點喪氣的說。

我看著天上的男人，另一個我，答不出話來。我的生活造成掌紋裡的我被有沙子的狂風襲擊，也造成了天上的男人生活得不順遂。我不知道我的生活會影響兩個層面的我。

「你從上面看我，我站在哪裡？」我對著天上的男人說。

「在掌紋峽谷裡啊，你一直都待在那裡。」

「我前面還有道路嗎？」

「前面已經沒有路了，你那裡是死路。但往旁邊走的話路會消失，過一段距離之後才會再出現。」

「我明白了，謝謝你。」

我站在城市，在高山，在海邊，或在森林裡，這世界所有的一切，在天上的男人眼裡都一樣，我都待在掌紋峽谷裡。就像我看著掌紋裡的我一樣，我看到的只有荒漠石子和峽谷，無法看到其他東西，但其實掌紋裡的我所面對的世界，就跟現實中的我一樣，有著各式各樣的東西。那裡有他自己的生活，他的掌紋裡也有另一個生活。

一陣大風吹起，颳起地上的石子與塵土。風大遮蔽了我的視線，我看不清楚天上的男人，他像是對著我喊些什麼，但我聽不太到，我的耳朵只有風的聲音。沙子跑進我的眼睛，我遮蔽雙眼流著眼淚，感覺眼睛開始發紅，我蹲了下來，蜷曲著身體。

希望有沙子的風趕快過去。

萬籟墓園

Graveyard of a Thousand Sounds

一．湖泊

他帶著妻子到鄉下靜謐的湖邊。沒有風，湖面靜止，遠方的樹林倒影連成一直線。湖岸有棵大樹，枝葉向湖延伸，葉子的陰影形狀映在水面上。

他站在樹下和妻子看湖。他轉頭向妻子，她還是像以前一樣美麗，妻子清澈眼珠映出他的臉，有著白髮和蜘蛛網紋的眼睛。

他蹲下來檢查湖面，用右手左右撥動，他說水很淺，要不要到湖面野餐。妻子沒有回答，微笑看著他。他脫了鞋，轉身搬起桌子，白色桌巾輕輕搖晃。試著小心踏出右腳，湖底長滿水草與柔軟的赤色泥土，腳掌陷了進去，但不深仍然可以移動，他覺得這觸感很熟悉，是小時候不知哪時曾經有過的感覺，而這感覺消失了很久，如今又重新回來，他感到很高興，好像有什麼要發生一樣。

他想起了小時光景，明亮的天氣突然被烏雲籠罩，教室一片漆黑，濕濕的味道飄了進來，一陣大雨傾盆而下，青綠色的操場變成鏡子般的水窪。驟雨不久便停了，下課鐘響後，男孩們赤腳衝去操場，踩著水窪，在上面追逐，旋轉，跳躍。

湖水冰涼，慢慢爬到膝蓋處，他覺得六月不再炎熱。

離湖邊不遠，他把餐桌放下，用身體施加壓力將桌腳陷入泥土裡固定，再回到岸上搬兩張椅子，插著一朵玫瑰的花瓶以及藤編籃子，裡面裝了雜糧麵包與紅酒，刀叉與兩個白色瓷盤。瓷盤上畫著藍色花鹿。他們倆準備在湖上野餐，遠看像是飄浮似的。

「來啊。」

他向妻子喊著，揮揮手，妻子仍然注視著他。好像是要確定什麼，過了一會後才走向餐桌，像踩在普通草地般地走在柔軟的泥濘裡。她沒有脫鞋，鞋子沾滿了泥土，些許的湖水順著沾到的裙襬往上攀爬。

他們第一次來便愛上這裡，由於地處偏遠，沒有許多遊客造訪，他們把這當作私人祕境，不透露給任何人知道。他總是跟她說這是我們的湖，她臉上就會一直掛著微笑。為了更了解這座湖泊，他們剛開始抵達會先繞湖一圈，彷彿是一種巡禮，接著就會開始細數湖的變化。

她喜歡問他什麼東西改變了，像是在問剪過的髮型有什麼不一樣，而他也樂於回答，回答的細節愈來愈多，彷彿就更加了解她，而她也透過他的回答，覺得自己與湖泊的關係更加親密。他們每個季節都來過，晴天躺在草皮上，雨天就讓雨水打在身上。曾經靜靜的看著湖泊從日落到黑夜，也曾看過湖泊日漸泛白的晨曦。有次颱風來了，他們仍然驅車前往，只為了看一眼劇烈風雨中湖泊狂亂奔騰的姿態。

他們一起經歷過湖泊的一切。

這是我們很重要的地方，他說，若要回憶，一定是選擇這裡。我們每年都得過來，無論未來發生什麼事，我們一定要再次回到這裡，這是我們的湖泊。

她緩慢走到餐桌旁坐下。「妳像是走在水面上一樣。」他說。

妻子笑了，說了一些話，但聲音消失在空中，只有說話的嘴型在她臉上變化著。他起身走向妻子，把頭倚靠在妻子心臟處，耳朵仔細地收集妻子身體內部發出來的聲響。

「啊！」他失望地叫了一聲。拿起口袋裡的手機撥給博士。

「她壞了。」

「怎麼會？這不可能發生。」

「我沒時間跟你開玩笑，這一天我等了多久，你知道嗎？」

「我馬上過去。」

他掛了電話，臉色發紅，頭髮在剛剛的憤怒中雜亂了，妻子仍然靜靜地對著他說出無聲的話。他回到座位上點了菸，湖面有魚游過，激起了些許漣漪。那些魚是機械魚，而他的妻子也是。這是一家虛擬實境的墓園。

無風的下午，等待博士到來把妻子修好。

二・父親

世界上只有一個人可以長時間的待在墓園裡，那個人就是墓園的創辦人，我的父親。有一天他踏進虛擬空間後便宣布不再外出，他把生活的一切都搬進墓園裡了。他想要和他的妻子永遠在一起，縱使他已經滿頭白髮，而他的妻子仍然是掛著微笑的年輕機器人。

事實上我討厭這樣的母親，我討厭那個機器人佔用父親所有的時間。雖然父親盡可能把人工智慧做到完美，但那也僅是父親單方面的回憶和意願而已。我不了解真正母親的想法，有時機器母親的回答會讓我感到憤怒，想大吼叫她住嘴，想過去一手扭斷她那虛假笑顏的頭顱。虛擬一個母親並不會延長我對她的愛，反而讓我感到厭惡，這種厭惡已經快要取代我對母親原有的記憶。我想要的，是我無法預知的母親，而不是像在學習語言對話課程般的制式模式。

父親每天都在撰寫關於母親的一切。

人們以為自己是神，可以虛擬出一個真人，殊不知為了製造一個人必須耗費一生來完成它，新的問題總是不斷的出現，而你必須不斷的更新，也不能問超出範圍外的問題，否則無法投入真正的情感，這些虛擬的假象就會破滅。你永遠無法想像，要讓我父親真的以為那個機器人就是母親，這中間投入了多久的心力。某天隨口一句超出範圍的話就會把母親打回機器人原型，那種父親撕裂傷口的悲鳴怒吼有多讓人心碎與戰慄。

當我上前去安慰父親的時候，他傷心到連我都認不得了，怒目圓睜的鬼臉向我衝了過來，用力掐緊我的脖子對著我大喊。我傷心的並不是他的憤怒，而是他對著我大吼時就像對著一個洞穴呼喊一樣，他的眼神看穿我的身體，抵達後面更深更遠的地方，對他來說我的存在一點也不重要了。

我也無法知道父親的真正想法，現在他的生活重心都在那座湖泊，那個我尚未介入太多的地方，那裡沒有我的位子。我決定之後不會再進去那座墓園，我想讓他們倆在那裡就是最好的安排，且父親也決定在那裡度過餘生，我也無法再去干預什麼。我以後絕對不會製造虛擬實境，我要離開這裡，不管到哪裡去都好。我想珍惜的是當下，我的影像應該是在尚未發生的未來，由自己的身體去觸發，而不是不斷重複的歷史和虛構的影像。

虛擬墓園是否能持續在未來存留？關於你們的問題，科技既然已經展開，它就只能繼續往前走無法再回頭了，人們沉浸在虛擬世界裡，就不可能要他們突然放棄。既然發明了火藥，就只能再發明比火藥更厲害的東西，不可能再去做更低等的產品，這就是我們依賴的科技。它只會向前，不會再往後走了。除非是你離開它，否則它就會進入你生活的所有一切，不管你願不願意。

有些跡象開始顯示，有愈來愈多的人沉浸在墓園的虛擬世界裡，因為經過理想化的影像趨近完美，來訪的次數愈來愈多，所待的時間也愈來愈久。有些學者擔心這會演變成常態化，讓人離不開虛擬影像的世界，原因並不只是自己喜歡的人在這裡，而是虛擬世界可創造現實世界中無法完成的東西，客戶隨時可以做更改調整，等於他正在撰寫虛構自己的歷史。

但有錢賺商人哪會管這麼多，他們只要固定收到愈來愈多的錢就是正確的方向，至於有多少人迷失在這個墓園裡，那都是自己的事了。儘管父親創造墓園的原意是來自愛，但只要稍微有點偏移，就會變質成另一種樣貌，甚至到達無法控制的地步。

墓園仍然會存在，而且會愈來愈多，愈來愈便利。若說墓園有結束的一天，就代表虛擬實境已經融入到生活裡了，在自家的廚房、客廳、後院裡就存在虛擬實境，不必特地專程來到特殊的場所。往後將會是個全面虛擬的世界，我是這麼相信著，在我經歷過這一切之後。但我想我不會讓自己面對著這樣子的世界，我會想辦法逃離，想盡辦法逃離它的到來，就算逃到另一個世界我也願意。

墓園的執行長在一個媒體訪談中，說了以上的話。隨即卸下執行長的職務，但對墓園的未來方向並未多做說明，也未透露他下一步的人生規劃。

三・報導

這幾年，人們談論的不是要去哪裡度假，而是打電話預約走向墓園。「萬籟墓園」正在改變人們對死亡之後的生活方式。思念不再是唯一選項，我們可以重現佔有這樣的思念，可以的話還能夠維持到恆久。

「萬籟，是自然界中萬物發出的各種聲響，取名叫萬籟墓園，就是想複製萬物，將一切虛擬呈現，一種擬真的記憶。」墓園的發言人解釋說。

申請墓園的手續很簡單，上網登錄即可。但之後的過程漫長，畢竟調整的細節愈來愈多，所製造的虛擬影像就會愈來愈真實。根據墓園的調查，有六成的民眾能夠逐一完成基本細項，少部分——墓園的技術人員稱為「創造者」——能夠完美呈現記憶的細節，擬真程度如同真實世界，甚至能夠自由的調整改變仍不失真，有些「創造者」加入了墓園團隊，擔任技術顧問以及協助無法製造虛擬影像的民眾解決問題。「創造者」的特質是擁有強烈的愛，以及強健的記憶力，但有「過度執著的風險」，這點墓園官方仍然在研究中，並未透露其中對身心影響的好壞。

另外兩成，有數據漸漸上升的跡象，申請墓園的人在製造影像細節的途中，漸漸發現不再愛著對方，使得申請被迫中斷。有些是細節過於薄弱，感情也微不足道，甚至因為想起過多細節而漸漸發怒，墓園研究人員簡稱「記憶混亂」，申請者將過多的記憶混雜在一起，而劣質記憶又高於優質記憶的時候，將導致無法順利製造「美好的時光」。當過多的愛變質成恨，申請者必然無法繼續下去。中途放棄者將收取四成的基本支出，其餘依照時間進度和成本多寡再額外收取費用。

萬籟墓園有發行書籍《入園須知手冊》，內容詳載初次申請者所需要的資料，以及申請程序的詳解。手冊原本只打算發行給申請者，但在推出後供不應求，許多尚未申請的人也想提前了解，後來和出版通路合作後發行到各大網路和實體書店販賣，至今仍然是暢銷榜的前三名，短期內也再版許多次，甚至還有請插畫家配圖的版本，把技術性的語言轉成圖像化，讓資訊更淺白易懂。

最新一版的《入園須知手冊》增加了寵物的虛擬影像服務。廣告推出後受到熱烈好評，這項服務使得申請的人數大幅增加，幾乎所有的時段都已排滿等待的使用人。一個家庭穿著郊遊的裝扮到墓園找逝去已久的狗，在虛擬影像的幫助下，狗像生前一樣的在草原奔跑，新養的小狗也加入追逐的行列，然後奔向孩子們的懷抱，彷彿一如往常的野餐時光。但這項措施也帶來一些爭議，造成申請墓園的人以倍數成長，目前的園區規劃已無法負荷。有些民眾甚至抗議人與動物不應共處一室，應該另外有專屬的區域來服務。

製作一個虛擬影像是一條漫長的道路，尤其是面對自己所愛的人，所需要的訊息鉅細靡遺，得經過不斷的增加和修正才能夠趨近現實中的樣子。根據手冊的分析，人們最後通常會特意去除不想要的地方，然後強調自己喜歡的去美化放大，所以最後的影像往往會比原本的記憶更加華麗，甚至若完全依照申請人的需求去創作影像，結果都會過於不真實而顯得魔幻，這時技術人員就會介入創造的過程，慢慢將過於渲染的東西降低拉回到現實，以趨近墓園重現當實情景的初衷。但若是客戶堅持想達到某種影像，或者有意願修改一些回憶，墓園方面也不會阻止，最後仍然會尊重客戶的意願。

修改回憶是否對人的心理有所影響，這點仍然存在不同的聲音。有人認為這屬於個人的思想自由；也有專家擔心此舉會讓使用人導向「無法控制」的修改方向。

「試想若自己的女兒在別人的虛擬影像中是完全不同的樣子，那誰來保障女兒自己的個人權益呢？」博士K說。他並進一步表示個人的虛擬影像應該也要受到人權法律的保障，而不是讓他人做無限制的擴張想像，否則只會淪為個人情感的抒發。

「說直接點就是娛樂，甚至帶點畸形的視覺娛樂。」博士K不以為然的說著。

儘管萬籟墓園一而再的強調初衷——尤其是創辦人J為我們展示他「無窮無盡的愛」——他為了妻子耗費一生投入虛擬影像的研究，並以自己為最新技術的研發做實驗，陸陸續續突破技術打造了世界性的萬籟墓園。甚至有最新的內部消息透露，墓園官方正在研發新型的機器人，打造更加真實的逝者之身，在與虛擬影像的結合下，展現全新的視覺與觸覺的體驗——但爭議仍然不斷湧出，質疑者始終懷疑虛擬影像對心理狀態有直接影響，並要求公布創辦人J的身心研究報告，但墓園官方醫療團隊以個人隱私為由拒絕這項請求，並表示一切都在掌握中沒有異狀，每個申請者也都會有心理醫師與專家協助諮詢與觀察，不會有外界所說的疑慮產生。

但事實真的如官方所說的「在控制中」嗎？以下幾個案例，顯示出種種質疑可能都事出有因，而不是隨意的誣陷。

・案例一

一名荷蘭籍獨居老人（男，七十二歲），其妻子和六歲兒子死於一場多年前的車禍，雖然事隔多年仍然很想念妻兒，所以向萬籟墓園提出申請，將骨灰移靈到這裡，並開始比對資料建立虛擬影像，場景就設定成他自己的家。

在老人的墓園裡，他們過著一般的家庭生活，在餐桌上吃飯，或者坐在客廳的沙發上看著連載的影集，斷斷續續的聊著日常生活，並且將內心所想的事吐露給對方聽。聊著自己與安靜的聆聽是老人最喜歡的時光。他也喜歡兒子拿著課本請他解答問題，老人總是回答比答案更多的事給孩子聽，以點連成線再構成一個面，一個問題延伸成更多的思維，他希望他未來能夠當個知識涵養豐富的學者。

墓園的技術人員很喜歡他們一家，覺得若不是一場車禍意外，老人應該會有一個美滿的家庭。墓園推廣部門原本計劃推薦老人當作墓園的模範形象，刊登在《入園須知手冊》裡，並且拍攝媒體廣告在全球播放，但被老人婉拒了，他只想安安靜靜享受最後的家庭時光，這讓墓園官方對老人更加尊敬。

但最後卻發現，老人偽造了身分資料，自己虛擬了一個家庭。其妻子與兒子現在仍然活著，有著自己的家庭，老人與他們是同一個鄉鎮的居民。因為兒子想替母親製作父親的虛擬影像，於是向墓園提出申請手續，工作人員在比對資料時，發現她已登錄在死亡名單裡，並且已建立了她的虛擬影像，整件事情才曝光。

她在看到自己的虛擬影像時感到非常訝異，一種詭異的感覺籠罩著她：在影像裡她與老人像家人般的親密互動，彷彿是另一個時空且真實存在的自己。明明知道另一個自己是假的，卻又無法輕易的否定她，因為她是如此的真實。沒想到在鎮上遇到頂多是打招呼的老人，在虛擬墓園裡變成親密的家人，而且老人知道自己的一切細節，這表示老人一直以來都在默默窺視觀察他們。

墓園官方調查老人的家族骨灰，發現只是一般的塵土並混雜了動物的骨粉。老人指稱那是他逝去的兩條狗，他唯一的家人。萬籟墓園立即撤銷老人的墓園資格，並禁止往後再次申請。

老人已經沒有地方可去了。剛開始申請過後，老人每半年來一次，虛擬影像讓他感受到溫暖，於是變成三個月來一次，之後愈來愈頻繁，最後索性賣掉老房子，搬到萬籟墓園附近的小套房居住。「反正我的家都已經在墓園裡了，我用不了那麼多東西。」老人說。他從未想過影像會消失，那是他渴望的家，他以為能夠死在墓園裡，現在僅剩下一無所有的套房和兩隻狗的骨灰。

老人在一場大雨後，跳入灌滿豐沛雨水的溝渠裡，屍體陷入蘆葦叢，身上綁著兩隻狗的骨灰盆。

・案例二

另一個案例發生在伊朗。

兩名年輕男孩捏造了自己的死亡證明，以親屬的身分申請墓園。在虛擬影像裡，他們在德黑蘭的街上逛街嬉戲，在餐廳吃著切洛喀巴（Chelow kabab），一起討論學校作業，一起到彼此的家裡和家人吃晚餐。每次來到墓園，影像大致上都是這些，偶爾再穿插一些當下發生的事件，好比說參加歌手的演唱會。影像呈現他們生活裡每天會發生的瑣事。但這樣簡單的事，在現實生活中是不被允許的，因為他們是對戀人。

在伊朗，法律明定同志是非法行為，最重甚至可判處死刑。他們不被承認，卻又無法離開這裡，所以他們在墓園裡重製了自己，在這個四方形的虛擬空間裡實現彼此的理想生活，獲得短暫的自由。他們靜靜的看著自己的影像，一如往常的走在現實生活中熟悉的街上，和彼此家人聚在一起。他們以「親屬」的角色站在一旁，彷彿正在見證某種奇蹟。虛擬影像消除了禁忌，成了他們最美麗的幻影。

男孩們的事最終被家屬發現，父母在墓園的虛擬影像中看見自己的兒子和同性間的親密互動，跪倒在地的悲鳴哭泣，父親對著兒子揮舞雙手說著宗教性的話語，將他們兩個強行分開，像是拖著綿羊畜生般的攆回家。

墓園官方並未對其性向有何意見，但捏造身分本身已違反了規定，所以墓園將他們的虛擬影像撤銷，並且追討尚未繳清的費用。有墓園的心理醫師擔心男孩們的後續發展，曾經私下屢次試圖聯絡與探訪兩位男孩，但家屬都不願透露行蹤以及有關於他們的任何消息，只說事情已經解決了，不再與外界做任何回應。

「他們已去了他們該去的地方。」家屬說。

虛擬影像是否為個人隱私？是否到死之前，甚至到死之後，我們都有權力捍衛自己的隱私？人權與個人隱私或多或少都存在於虛擬影像當中，人的回憶無法是單獨的，勢必都會與他人連結在一起，如何捍衛自己影像隱私的權力，但同時又保障他人的影像隱私不被私自盜用，這應該會是墓園未來必須解決，也是全世界須一起討論出社會共識的重要議題。因為就算自己不使用虛擬影像，自己也有可能會成為別人虛擬影像中的重要角色，或像是道具般使用的一環。

依照墓園的發展，虛擬科技和人工智慧將會更加進步便利，設計的廣度也會愈來愈龐大，從個人到家庭，進而延伸到生活圈，甚至整個社會。若虛擬的人工智慧愈來愈精細，那我們還會是單純的「我」嗎？

或者，我們只是存在別人的記憶裡。我們都是虛擬的，一起建構這個世界，只為完成一個人擬真的回憶。

四．鬼魂

網路流傳出許多靈異照片，地點就在萬籟墓園裡。

「起先我像往常一樣，與妻子來墓園看看六歲的兒子。」P先生說，「我們在森林遊樂園的河邊烤肉和露營，那天是我兒子的生日，也是我們最想要回憶的時刻。就在幫妻子和兒子拍照的時候，我看到在遠處森林裡出現我兒子的影像，下半身漸漸消褪透明的浮在樹林間。我愣了一下，妻子看見我疑惑的樣子便喊了我一聲，我按下快門，森林裡的透明兒子就消失不見了。」

而後就如同P先生所說的，洗出來的照片有兩個兒子：一個是和妻子開心合照的虛擬影像兒子，也就是他們期待且製造的兒子；另一個是在森林裡、面無表情半透明的兒子。P先生拿著照片向墓員詢問，官方討論後的答案是「影像錯置」，也許是因為程式出了問題，才導致兒子的影像出現兩個。墓園官方代表向P先生致歉，並承諾會請專家檢修影像程式，不會再讓這樣的事情發生。

但事情並未獲得改善。

不定期的有更多的客戶提出相同的客訴，網路上也流傳愈來愈多詭異的影像照片。有些就像P先生的一樣隱身在遠方的風景裡，有些會和客戶們互動，會有兩個相同的人並排坐著或站立，有些則會有兩個影像前後疊在一起，前面的影像似乎想遮住後面的感覺，肢體動作顯得誇張。唯一的共通點就是會有一個影像是面無表情，帶點冷酷與哀傷。

甚至，有些不同的逝者影像會一起出現在一個虛擬空間裡，彷彿結了伴，並排出現在影像與照片中。

這些照片引起網路論壇的熱烈討論。有許多的論點指出，那些多出來的「人形」影像，就是當事人的鬼魂。當人們過於依賴與習慣科技帶來的虛擬影像，也許就因此忽略了人們原本對靈魂的敬重。靈魂感受到自己被取代了，於是出現在影像裡，強烈表達或隱約暗示自己的存在，可能也是在向當事人表示一種訊息：那些影像不是我，真正的我在這裡。

P先生後來一有機會就會在森林裡尋找另一個兒子，但始終不曾再親眼看見，然而照片有時候仍然會出現無法辨別理解的影像，例如照片角落多了一隻腳，一隻手臂藏在他們三個人合照的中間。

過沒多久P先生就不再去墓園了，在繳清費用後也不再續約，同時將兒子的骨灰重新移到別處，恢復從前的祭拜方式。

萬籟墓園自始至終仍然強調這些是技術上的問題，會陸續在檢修中獲得解決，駁斥了網路流言的「鬼魂」說法，並釋出許多優惠給有發生問題的民眾，試圖平息這些風波。但有不具名的內部員工表示，墓園的技術部門已經檢查了程式影像等等相關的環節，幾乎查不到任何異狀，所以在這方面墓園官方似乎是束手無策，這樣的情形仍然會一直發生下去。

墓園使用虛擬影像幫助人們回憶逝者，人們是否在仰賴科技之後，仍然會相信靈魂的存在？種種不同的論點熱烈討論著。

五・臉

他決定不再走出墓園。

在博士團隊的努力之下，機器人修復了不良反應，人工智慧也趨近完美。他牽著妻子的手，柔軟且有溫度，仿真的皮膚與優良的導熱系統讓他十分滿意。在與妻子帶有一種測試意味的長談後，他起身望向四周：傍晚前的霞光絢麗地照著靜謐的湖泊，散發金色光芒的森林倒映在水中，而他們的餐桌就在湖面上飄浮著。那是他們的野餐，持之恆久的野餐。他告訴自己，這一天真的來了，他將永遠長留在這個回憶裡。

創辦人老先生走進他專屬的影像墓園之前，向公司團隊指派了最後一項任務：「讓我信以為真吧。」

「信以為真」成了萬籟墓園新的圭臬。在他的兒子離開墓園後，虛擬影像的法律在爭議聲中通過，人們將保有虛擬影像的隱私權，屬於思想上的自由，若非允許將不得擅自取閱或檢視個人的虛擬影像。

這項法條讓墓園擴充營業版圖，將不再只是服務緬懷逝者生前的美好時光，而是更直接的，滿足每個人的想像欲望。一個不設限、受到法律保護的娛樂產業於是誕生。

墓園團隊持續觀察著創辦人的影像，這是他們思想的源頭，所有的準則都來自這裡，不能有任何差錯。團隊細心調整著數據，讓墓園裡的影像產生細微而自然的變化：四季的交替，溫度的變化，植物的生長等等。關於他的妻子，團隊更是鉅細靡遺的維護著，不時更新她的人工智慧，讓對話與反應每一次都能保持穩定的變化，並且在創辦人睡著的時候，對妻子進行物理上的修護，讓一切不會受突發狀況的影響而中斷影像的真實度。

創辦人墓園裡的影像穩定持續的發展著，但新任的執行長卻不這麼認為。

他感到疑惑，人們想要體驗真實的虛擬影像，但只給他們持續「好的」結果，這樣是否反而成了「不真實」呢？

於是他做了改變，他想讓影像更加真實。

研究團隊開始試圖加入一點點變化：驟變的天氣，疾病的降臨，湖水乾枯，彼此爭吵，妻子的冷戰。研究團隊以創辦人為標的，進行不公開只有少數人知道的實驗。

最後，甚至加入了妻子死亡當天的情景。

正當創辦人無以面對妻子再次死亡的場景重現時，他的兒子協同警方及舊有團隊破門而入，解救在墓園裡受虛擬影像輪迴折磨的父親。

老先生看見警方與研究人員整隊人馬闖進來，風景一一化成虛無的背景，道具應聲倒下。而妻子，他最愛的妻子，切斷電源後以奇怪的肢體動作癱倒在地，像原本攀爬在牆上生氣勃勃卻被拍落而下、捲曲肢體的蜘蛛。

創辦人看著這一切，像強光照射眼球般無法直視。虛虛實實交替在他的眼前，模糊的影像愈來愈近，他的兒子，許久未見的兒子蒼老的模樣，雙手撫摸父親的臉頰，眼淚倏然地流在兒子的臉上。

兒子叫著他的名字。老人明白了，他撥開了虛擬的雲霧，離開他珍愛的妻子與湖泊，映照在他眼前的兒子，是他和妻子身影，也是他們倆的未來，這才是最真實的影像。

但一切都太晚了，一切都知道得太晚了。他握住兒子的雙手後，獨自步履蹣跚的走過警察與研究人員，來到房間的出口。創辦人踏出一步，偌大的走廊是一整排、數以千計的門，每一道門裡都是一個人的虛擬影像，一個人構成的虛擬世界。他們鎖在裡面，沉溺在過去的時光裡，足不出戶。

他看到這些景象，終於按捺不住情緒，五官扭成一團，開始無聲的哭泣。

失去水平的男人

The Man Who Lost His Level

畫家是在布展的時候，開始逐漸意識到他失去水平這件事。

因為是在友人的咖啡館展覽，贊助性的成分較多，畫家只挑了十幾幅小型作品來展示。想說用不到水平儀，單憑自己的目測就可以掛好畫，但不知道什麼原因，讓他忙了許久始終無法將畫掛好，總是有什麼地方怪怪的，掛畫的位置一改再改。等畫家用盡心力把畫布置好，請友人來看看效果，畫家才從友人的臉上發覺事情有些不對勁。

「畫怎麼都微微向右傾斜呢？」友人提出這個問題。但是畫家並沒有發覺畫有傾斜，在他的眼中，畫正整齊一致的排列在牆上。

「我想應該是畫家的特殊安排吧？」另一位店內的員工這樣說著，所有人才笑了出來。友人揮手說他不懂藝術，差一點就以為畫掛歪了，如果我動手去把畫扶正，那畫家大概會氣得臉部脹紅吧，實在是失禮了。

畫家一時不知所措，懷著緊張跳動的心與尷尬的氣氛，只能照著事情的發展順勢下去，同意了他們的看法，說這是為這次展覽的特殊安排。畫家之所以沒有出聲反駁，主要是他意識到布展的時候，似乎有什麼事情不太一樣，但也說不清楚是什麼，因為狀況時好時壞，畫家一時拿不定是哪個環節出了問題。

而畫家產生的疑問，就是畫作本身似乎無法拿咖啡廳的陳列來當對齊的標準。如他想拿牆上的壁燈底座來當畫作的對齊線，但擺上去後退一步看，畫框卻是歪的。以椅背的線條來當垂直線擺畫，後退一看也是呈現歪斜的狀態，只有不去顧慮咖啡廳的陳設，憑著畫家的直覺以及多年累積下來對直線水平的敏銳與熟練感，掛上去的畫才是畫家心中的完美排列。

只是，這樣牆壁上的壁燈與底下的椅子，似乎就有點歪斜了。但畫家當時並沒有想太多，他只專心在把畫對齊好，雖然有注意到這一點，但也許是裝潢或者陳列的關係，導致這些物件無法成為對齊的基準，所以就忘掉這件事，直到看到朋友的反應，才發覺的確有什麼不一樣了。

畫家離開咖啡廳已是下午四點，冬日的斜陽把建築物的影子拉長，行人各自拖曳細長的影子穿梭在街上，不知道是否是影子的影響，畫家覺得整個城市都是傾斜的，看著街景的時候，畫家的臉自然地歪向一邊。

風捲著地上的塑膠袋，螺旋狀的起飛又下降，然後消失在人群裡，也許緊貼在某人的背包後面，跟著回家了，然後被用來包住某種重要資料，靜靜躺在抽屜裡，從此不必在外流浪。

畫家拉緊他的棕色外套，微微弓起他的身子，抵禦著寒風前進，也像是配合城市的傾斜，身體自己調整方向似的向前傾。該去看眼科醫生嗎？畫家在心裡想著。但他覺得好累，布展的事讓他耗盡了一天的力氣，這是未解的謎，一個懸在心上的事，但他現在不想去解決，也許回家睡一覺隔天就好了。他想先去超市買晚餐，簡單處理一下就好，因為也沒有多餓，於是決定買洋菇、洋蔥和雞蛋簡單拌炒，再買些水果、全麥吐司與鮮奶，就回家了。

吃完晚餐後已經晚上七點多，冬天的夜晚彷彿都沒有人逗留在外，畫家所居住的公寓社區裡安靜得像是已步入深夜。畫家看了幾則新聞後，便準備開始畫靜物。拿起架上的幾種不同形狀的玻璃瓶，做適當的安排後成為今晚的靜物擺設。

畫家是在年輕的時候便養成每天畫畫的習慣，對他來說，持之以恆是必要的練習，因為他清楚自己並不是一個有天分的人，他的才華來自於勤奮的創作。畫家相信創作的答案，就在創作本身，所以只有動手畫，才能夠從中得到新的東西。任何苦惱都是無用的，在畫作裡才能得到真誠的答案。靈感在顏料調和的變化之間，在畫筆輕觸畫布所體會的質感之間，在鉛筆降落純白的紙張得到的沙沙聲之間。

畫家的靜物畫受到喬治・莫蘭迪（Giorgio Morandi）的影響很深。有一次畫家在台北看藝術博覽會，在數不盡的畫作與迷宮般的展區中，看到一間畫廊展示莫蘭迪的作品。只有一張，擺在正中間，周圍是空蕩純白的展示牆，其餘空無一物，連畫廊人員的桌椅也沒有，單純的只是展示一張莫蘭迪的畫作。畫家被這間畫廊的陳設所吸引，走進去站在莫蘭迪的畫作前，就深深被感動著。

畫作是靜物，幾個瓶子水壺與不知是什麼的方塊物體緊靠在一起，這與畫家之前認知的靜物畫不一樣，並不是呈現靜物本身的質感與色彩，物件彼此也沒有做構圖上的呼應排列，它們只是緊緊靠在一起。直覺的，好像是去某個純樸鄉下，幫從未照過相的村民拍照一樣，有點青澀，靜物們就是呈現這種狀態：無助，依賴，好奇，容易受傷似的。

畫家著迷的看著畫作，眼睛不斷的上下來回轉動，像一台掃描機，盡情的捕捉畫作洗練的色彩與深沉樸拙的筆觸，想一一的記在心中。有些畫作是屬於視覺的，不管多麼華麗，細節有多少，它始終只會停留在視覺經驗裡；而另一種畫作，在一開始就不只是視覺，它會抵達內心某個地方，不斷的以某種力量包覆自己，與自己非語言似的溝通著，像照耀某種溫暖的光一樣。它讓你想起某種東西，但是那種無法描述的感受，也許透過筆觸與色彩等種種因素的排列，讓畫作產生特殊溝通語言。對畫家來說，莫蘭迪屬於後者，他在畫作前站了許久，直到博覽會的時間即將結束。

回家後畫家上網搜尋莫蘭迪，到圖書館借閱大型畫冊，才漸漸了解這位畫家，並開始喜歡上靜物畫，每天除了自己的創作之外，還會撥空畫起靜物，這成為畫家固定的習慣之一。這些靜物畫是私人的，畫家從未讓它對外展示，因為它就是很莫蘭迪式的作品，並不是模仿，也不是致敬，比較像是畫家與莫蘭迪之間的交流對話，透過畫靜物的過程，畫家想了解莫蘭迪當時的心，他想知道他當時的想法。但某方面，也許是一種嫉妒心使然，嫉妒莫蘭迪可以得到這種力量，畫出這麼美的作品，而他卻沒有。於是他畫莫蘭迪式的靜物，同時也想變成莫蘭迪，想擁有創作偉大作品的感覺。

但並不是一開始就得到要領畫出作品的精髓出來，更多的時候，比較像是表象的東西，外皮像莫蘭迪，但沒有他的靈魂。畫家的靜物是合成的村民，對相機熟得很，拍完還會伸出許多小手跟你收錢。一直畫了許多年之後，畫家的心慢了下來，才逐漸領會到莫蘭迪式靜物的感覺。

在油畫布的小空間裡，畫家在裡面得到前所未有的平靜，沒有追逐時代潮流的企圖心，沒有要取悅誰或超越什麼，只是單純的畫著眼前的靜物，在工作室這個空間裡，只有畫家、靜物與莫蘭迪三個存在而已。漸漸的，他也不再想莫蘭迪，只專注在眼前的靜物，雖然仍然是莫蘭迪式的作品，但他知道裡面慢慢的有自己的成分在裡頭，可以體會到畫作散發出某種力量，與自己對話著。而這樣的靜物作品，也帶給畫家某種防護罩的東西，不管在生活或創作上遇到哪種挫折，只要透過描繪靜物，好像一切都可以解決似的，除去負面情緒，留下乾淨的自己。

「不管怎麼樣，一天至少要畫一幅靜物。」體會到畫靜物的美好與對自己的重要性後，畫家在內心對自己這樣說著。

隔天早上，畫家的朋友K來訪，送來前幾天幾個畫畫友人聚在一起喝酒而遺留的外套。K一進門，就對畫家的靜物畫感到好奇。

「怎麼畫歪了？」K說。

畫家轉頭過去看畫，才發現水平線往右傾斜，靜物們也像放置在斜坡上。畫家呆立許久，因為昨天畫的時候還很正常，他清楚記得畫靜物時的樣子。畫家立即走進工作室拿起一張四開的白紙，用炭筆畫一條水平線，然後拿起來給K看，像是小朋友畫完一張圖急著要拿給父母看一樣。

「這樣呢？」畫家對K說。

K搖搖頭，畫家轉過來看，的確是歪斜的。再拿起一張白紙，這次畫家聚精會神，非常仔細的確認他畫的是一條水平線，小心的從線的這邊描繪到下一端，再三確認後拿起來給K看。

「什麼啊，這是在開玩笑嗎，還是一種心理測驗？」K笑著對畫家說，但隨即因為畫家嚴肅的臉而收斂起笑容。

畫家向K說了昨天布展的事，同時要K暫時保守這個祕密，先不要告訴其他人，不想造成無謂的關心及困擾，他待會就去看眼科醫生，等檢查出一個結果再說了。

K道別離開後，畫家又拿起一張畫紙，畫上水平線，確定是平的時候，把畫紙翻轉到背後，然後閉上眼睛想著：我現在還年輕，才三十一歲，作品開始有自己想訴說的東西，正是體力與想法最高峰的時候，我不能沒有水平，水平在我的繪畫裡面是很重要的一部分，我必須依賴它支撐起畫面，它平衡了我對事物的看法，是讓混亂的世界變成和諧的重要方法，希望待會把紙翻過來的時候，一切都正常，能看到一條真正的水平線。

結果仍然是歪斜的。

畫家感覺像是掉入某種洞穴一般，沒有支撐點的一直降落。但至少知道了一點，在畫的時候是正常的，應該說「看」起來正常，等到過一會才會發現是歪斜的。也許是眼球某個負責處理水平的構造有問題，或者是大腦。畫家打電話預約診所之後便出門了。

◆

畫家走在前往醫院的路上，路過一座有湖的公園，公園只有鴿子群不斷的起飛又降落，冬天的平日下午，靜謐得像是走入一個被末日遺棄的荒廢公園裡，全世界只剩下畫家一個人，一個無法畫出水平的男人。畫家看著湖面，想著若之後無法辨別水平，該怎麼繼續創作。

湖是傾斜的，地是傾斜的，裸女躺在危險的坡上，靜物們都隨時準備掉落一地。畫家靜靜看著平靜的湖水，努力的把湖水的水平記在心裡，希望之後不會忘記這美麗的景象，更重要的，是能夠重新把它呈現在畫布上。

一隻胖灰鴿，搖擺著尾巴朝畫家走過來，直直的盯著畫家看。畫家伸出他的右手，對著牠說：鴿子啊，我好像失去了什麼，你也感受到了嗎，你看得到水平的世界嗎，若你看得到，你的眼睛可不可以借我，我們交換眼球，我就可以繼續畫畫，而你，我想失去水平也是可以生活下去，畢竟只要在公園這裡停停走走，就可以有麵包屑可以吃不是嗎，我的作品很好看喔，下次你可以來我的窗戶旁看看，這樣你就知道水平對我的重要性，你就會很慶幸有跟我交換眼球了。

畫家說完，鴿子便飛到他的右手背上，瞬間畫家好像鏡頭沒固定好的相機，從腳架上偏掉一樣，視角直直往下墜落，站立的地面成為斷崖峽谷，畫家成為攀附在岩壁上的人。急速的視角轉換讓畫家喊出他從未有過的驚吼，但他沒有注意到自己的音量，只覺得喉嚨好像有個巨型機械穿越過一樣，撐得又大又腫，強力拉扯般的還留下吞吐異物的感受。畫家反射性的蹲下，停在右手上的鴿子飛到一旁，畫家想抓住什麼，但地面什麼也沒有。公園的鴿子，以及數不清之前不知道躲在哪裡的鳥類紛亂的飛舞在空中，畫家的吼聲造成公園一場騷動。

畫家持續在即將墜落的視覺當中，他的腳掌冒出的汗水像是剛走過一灘水窪，整個腹部的重量被掏空似的，隨時會被一陣風吹落，搔癢的感覺不斷的在身體湧現又消失。過了一段時間，畫家才從驚恐中冷靜下來，發現自己沒有墜落之後，終於看清楚眼前的狀況：他依然是在公園裡，世界毫無變化，只是他的視覺水平翻轉了九十度。畫家手掌伏貼的慢慢前進，挪動一下身體，真正確認沒有墜落的問題後，整個人攤倒在地面上。

畫家仰望天空，只有這樣世界的視角才稍微正常，天空仍然在上面，土地仍然在下面。但他不能一直躺在這裡，稍微抬頭看一下周圍，在這個時間點要等到路人似乎有點難，他必須自己站起來，馬上到醫院去。畫家緩慢撐起身體，試著站立，一樣是在懸崖，好像有根繩索拉住身體貼在岩壁上，筆直的道路成為沒有盡頭的深淵。這種感覺太危險了，假如一個意外發生，就會墜落下去，直至撞擊到物體為止。若一直沒有碰撞到物體，也許就會一直平行的繞著地球墜落也說不定，想到這裡畫家不免有點害怕，於是又蹲了下來，用爬的方式移動到樹旁，至少有個東西依靠的移動著。

畫家像樹獺一樣緩緩移動，幾隻鴿子擋在眼前，畫家用手揮舞，但鴿子群只是交換隊形般的移動一下，依然排列在畫家前面。畫家感到一陣憤怒，覺得剛才就是鴿子擾亂，才會讓水平問題更嚴重，若鴿子沒有停在他的右手，也許就不會發生這種事，可能那隻鴿子「誤觸」了什麼關鍵性的東西。

在揮舞無效之後，畫家像小獅子玩弄獵物一樣，朝著鴿子群撲過去。鴿子飛走，畫家卻陷入一陣天旋地轉中，因為劇烈的動作導致水平整個錯亂得更嚴重，現在彷彿坐著遊樂園的設施一樣，世界在他的眼中不斷旋轉，繞了好幾圈，畫家捲曲著身體，只能靜靜等待旋轉的世界靜止。但是等到畫家重新再站起來，已經產生極大的改變：這是個顛倒世界，畫家的視角一百八十度的旋轉了。

站著的畫家看著天地倒反的景象感到暈眩，這一切全都往最糟的方向走，水平視角已經來到讓他不良於行的地步。漸漸的，畫家意識到這種暈眩並不只是來自於視角轉變的不適應，連身體也感受到變化了，他的血液正往他的腦袋裡衝，暈眩的原因是因為腦充血，雖然他現在是站立在地面上。

畫家不知如何是好，只能蹲了下來，但腦充血的狀態還是沒有改善，然後他感受到臉頰有一股濕熱的液體，原來是鼻血已經滑過他的臉頰，反物理定律的朝著天空流去。看著往上逆流的血液，畫家終於明白，現在不只是失去水平，連他身體的重力方向也改變了，他必須倒立才能夠適應這個世界，他已經變成跟世界相反的人了。於是畫家把頭抵住地面，嘗試他人生第一次的倒立，他沒有把握，也感到害怕，如果他無法成功倒立，那就會在這個公園死去。他想到莫蘭迪的靜物，若這時候可以看到靜物畫，也許他就不至於那麼慌張了。

畫家雙腳一蹬，身體飄了上來，以倒立的姿態佇立在公園的馬路上。遠看像是一棵剛冒芽的植物綻放在空中輕輕搖晃。好像有一股引力把畫家的腰桿拉上，倒立比想像還來得輕鬆順利，腦充血的狀況慢慢消失了，倒反的世界也恢復了正常，只是視角變得比較低，倒立所支撐的手也不會感到疲累，甚至用頭頂著也可以，不會感到疼痛或者不方便。

畫家對於這樣的變化驚奇不已，怎麼會這樣，我怎麼會變成這樣的狀態呢，之後該如何和朋友見面，我喜愛的靜物畫之後必須倒著擺放才能創作，一連串的疑問在畫家的心中擺盪。畫家感覺大自然，或者這世界，似乎單單為他一個人重新構了圖。他成了倒立的人，失去水平的男人。他感到害怕，因為狀況愈來愈嚴重，還會更糟嗎，還會有比倒立還嚴重的狀態嗎，最後會不會失去重心，像在宇宙漂流一樣。現在的狀態是與所有的東西顛倒過來，自己已經與這個世界逆向而行，如同自己是倒立的厲鬼。

傳說跳樓自殺的人，死後鬼魂就以倒立的姿態面世，以頭顱彈跳的方式，去尋找傷害的人復仇。畫家沒有想要復仇的人，他沒有憎恨的人，如果可以他想彈著頭顱去找讓他變成這樣的人，就算磨破頭皮也願意，但什麼線索也沒有，突然的就變成倒立的人，唯一能想到的只有那隻停在右手的鴿子，但鴿子能透露出什麼呢，畫家轉頭去看那些鴿子群，一個女孩出現在他面前。

◆

「嗨，你是新墜樓的嗎？我是去年五月墜樓的。」女孩笑著跟他說。女孩的臉是清晰的，過一會兒畫家才驚覺她也是倒立著。

「你的裙子怎麼不會掉下來？」畫家首先注意到她的裙子，但一說出口就有點後悔，現在不該是擔心裙子的時候，明明還有更重要的事情要釐清。

「哈，我用強力膠帶黏起來了，雖然倒立著，但還是很想穿裙子，所以就黏上了。但有時會撕下一塊肉就是了，大腿上不得不留下疤痕。死後的身體很難再恢復了，疤痕只會愈來愈深，除非用一些特殊的藥膏，但那個太難取得了，代價也太高。」女孩手貼著裙子，再確認一次有沒有黏緊。

「你要不要來我家？我想你應該是新來的，應該有很多疑問吧？我記得我剛墜樓的時候，都沒有遇到半個人，一個人孤單的四處遊蕩，什麼事情也想不清，愈來愈糟快要瀕臨瘋狂的地步，就是那種一直重複墜樓的人，幸好在關鍵的時候遇到了『他們』，否則我應該變成更為支離破碎的人吧。破碎並不是單指身體，而是連靈魂也都碎了一地。我有遇過靈魂碎掉的人，他們就像魔鬼草一樣沾在你身上，不停的向你敘述他的痛苦，不斷上演悲傷的事，最後耗盡你的精力，讓你也成為靈魂碎掉的人。而且，靈魂碎掉的人基本上都不會好了，他們會這樣無限的輪迴下去。」女孩說著一邊搭配手勢，整個人只有用頭頂著身體，很不可思議。而且不像是鬼魂，女孩就跟一般人一樣，沒有什麼不同，氣色也很好。

「你說的他們是誰？恕我冒昧，為什麼你談論的方式好像跟正常人一樣，但你們應該是鬼魂吧？」畫家問。

「邊走邊說吧。」女孩轉過頭，用雙手撐著地面走路，很輕鬆很自然，甚至有點優雅。畫家也跟著撐起手跟上，的確跟用雙腳走路一樣的順利，沒有什麼阻礙的感覺，或許在變成倒立的狀態後，一些生活上的習慣也跟著改變。

「我原本也以為死後的世界就如同電影那樣，變成鬼魂，然後不是上天堂，就是到地獄，但根本不是這樣，應該說，其實沒有什麼差別。死後的一瞬到變成鬼魂的那中間，似乎沒有什麼特別的改變，就是從那樣變成這樣而已，很普通，沒有光的隧道或者什麼使者來接待你，就只是到達另一個層次，除了一些因為死亡的方式所造成的變化，我還是我，沒什麼不一樣。」畫家和女孩走在街上，但人來人往的街卻沒有人注意到他們。

「死後的世界仍然延續著生前的執念，特別是自殺的人，愈想擺脫的東西反而靠得愈近，事情變成無法轉圜的餘地，徒留著遺憾，以鬼魂的狀態存在著，像一種懲罰一樣。」女孩說。

他們抵達一棟公寓前，女孩說他們就住在四樓，一個空屋，房東人在國外，久久才會回來一次，很幸運的不知為什麼已經有三年沒回來了。

「這是我們住的最久最舒適的一次。」

女孩倒立並手撐著身體走上樓梯，像是馬戲團的表演者一樣，然後用一種暗號似的敲擊聲敲門，一位倒立的小少年開門讓畫家與女孩進去。小少年長得白淨清秀，畫家第一眼是注意到他放在門扉上修長的手指，指尖泛紅，好像生長在森林裡脆弱的半透明菌類，然後是覆蓋著額頭的短髮以及單眼皮細長的眼睛，穿著淺藍色毛織上衣，感覺是國中生。在客廳靠牆的沙發上躺著一名老人，他的眼窩深邃漆黑，像一棵年老的樹幹上曾經有過的傷口癒合後所凹陷的洞穴，偶爾才會看到裡面有一小滴微弱的光發亮著。

女孩與畫家走到一個小茶几旁，為了配合倒立的視線而特別鋸掉桌腳長度。小少年依靠在牆上織著圍巾，老人仍躺在沙發上。

「小少年十五歲，性格像女孩，因而被同學霸凌，去年從學校頂樓墜樓而死。老人死了很久了，三十五歲時因為工作被資遣，繳不出龐大的貸款而勒死自己久病在床的母親，之後在辦公大樓跳下死去，現在應該有七十六歲了吧，對嗎？」老人沒有反應。女孩介紹他們的死因像是在介紹才藝般的輕快，彷彿這一切沒有什麼。

「而我呢，因為男友另結新歡，大吵一架後為了讓他後悔，我從他的住家大樓跳下。但這件事並沒有造成他們的陰影，他們搬走了，之後還很快樂的在溪邊烤肉度假，我曾經跟過去幾次。死亡並不會改變什麼，時間久了，再不好的事情都會淡忘掉。」女孩說。

「那你們為什麼會在這裡呢？若死後的世界沒有天堂地獄，維持這個狀態的意義是什麼？」畫家說。

「因為筆記本。」女孩說。

「筆記本？」

「有沒有天堂或地獄我無法確認，但目前可以知道的是，像我們這樣的自殺者暫時無法進入下一個階段，我們停留在這裡，必須完成某些事。筆記本就是其中之一。」女孩拿出一本紅色外皮的書，有一股原子筆的香味，女孩說她特別選香水原子筆來寫，她喜歡這個味道，打開書就會讓她精神一振。

「這是我的年代記。上面有各種年代時間，代表每個時期的我，下面的欄位則是我在那個時間點所發生重要的事。這一欄全部都是空白的，必須靠自己的記憶去回想填寫進去，答案正確後才能夠記載在上面，否則過一下子就會恢復空白。而我們就是要把自己的一生回想過一遍，才能夠進入下一個階段。」

女孩點了一根菸，吐出的煙霧沿著女孩下巴緩慢飄散。「諷刺吧，我們想忘記一切，但這個爛筆記本卻要我們想起一切，媽的。」

「但就算再怎麼記憶力強的人，都不可能清楚的回憶往事吧？」畫家說。

「所以我們得談話，靠不斷的聊天來回想記憶。通常都是三、四人一組，其中最好要有一位長者，長者並不是說年紀大小，而是指待在這個狀態的時間長短。因為長者比較知道這裡的規矩，能夠教導新來的人如何開始，如何做。就如同我遇到你然後跟你講這些事一樣，我們靠口耳相傳，不會有哪個單位或者誰來跟我們說明，筆記本也是一開始就放在自己的衣服裡。」

畫家思考了一下「衣服裡的筆記本」這件事。

「我們原本還有一個人，是位女士，年紀與老人相仿，跟老人認識最久也談得最多，算是最了解老人一生的女人。但是她在去年夏天寫完了她的筆記本，好像突然感應到了什麼，說她已經知道下一步，與我們道別後，就此離開不知去向，再也沒有她的消息。老人好像再一次失去摯友或者人生一樣，開始無法很順利地與我們聊天，回憶的速度愈來愈慢，甚至有許多錯誤的記憶，謄寫筆記本的進度大幅落後，也漸漸的不說話了。」

畫家與女孩看向老人，老人仍然沒有動靜。

「最糟的狀況，是我們覺得老人會慢慢進入『靈魂碎掉』的狀態，拒絕回憶，停止思考，然後永遠待在這個狀態裡。雖然已經過了四十年，但聽說沒有時間的上限，要離開這種狀態，筆記本非寫完不可。」女孩抽完了菸，在女孩下巴流動的煙霧瀑布慢慢消褪。

畫家思考著女孩的話，看著小少年，發現他織的圖案是幾何形的靜物。

「他很厲害喔，很有藝術天分，若不是那些該死的嘲笑性向的傢伙，小少年將來一定是個了不起的藝術家。小少年幫我設計了幾件衣服的圖案，但還沒開始織就是了。」女孩說。「反正之後時間很多，哈哈。」

「你喜歡哪個畫家？」畫家問小少年說。

「莫蘭迪，」小少年說，「我喜歡他的靜物畫。」

畫家覺得被震了一下，內心有什麼地方在劇烈搖晃著。沒想到在變成倒立的狀態後，還能夠聽到莫蘭迪這個名字，讓這陌生的世界突然有了熟悉的連結，想起畫靜物的時光，畫家眼眶逐漸泛紅了起來。

「你要不要來跟我們一起住？」女孩對著畫家說，「我覺得我們滿合得來的，反正我們都要寫筆記本，需要彼此聊天，不如就搬過來，一起想辦法離開這個階段吧。」女孩笑著對畫家說。

畫家思考著她說的話，她很美，也和他一起倒立，這個世界也是倒立的，感覺像是特別為他準備的一樣，沒什麼好挑剔的。但一想到他們是墜樓而亡的鬼魂，仍然會覺得有點不對勁。

正當畫家思考的時候，他突然有那麼一瞬間，像是停電時突然燈泡一閃的，出現一幕景象：女孩頭顱破裂，四肢扭曲變形往非常人的方向彎曲。沙發上的老人像是攔腰折斷的樹木，小少年的一隻手掉落在另外一邊，腦袋削去了一半。

畫家流下汗水，汗水往地面的方向流，背脊與腰桿承受一股不小的重力，抵著地板的頭頂漸漸發痛起來。畫家開始覺得腦袋充血，整個身體的重心似乎慢慢回到了地面。難道我變正常了？天啊，我得找個理由先離開這裡，畫家心裡想著，我這時候若雙腳著地，那一切就穿幫了，我得努力撐著。

女孩他們看著倒立緊張的畫家，似乎發現了什麼，原本微笑的嘴笑得更開了。

「嘿，你的筆記本呢？」女孩摸著畫家的臉頰說。

洗牙

Teeth Cleaning

該洗牙了，照鏡子時看著自己的牙齒想著。

牙齦的根部累積一層白色結石，像一彎新月。成分已不可考，由無數的食物洗盡鉛華，抵禦無數次的刷牙摩擦與漱口的水漩渦，解構再解構之後，成為一粒小粉塵降落在牙床的根部，緊緊抓牢，一粒接著一粒慢慢堆積，最後成為用指甲摳也摳不下的堅硬堡壘，甚至一天一天的增築擴建，直到連成一道讓人無法忽視的白色石牆，才驚覺事態的嚴重。

「你的牙齒卡住食物喔。」友人餐後好心提醒。

用舌頭舔一舔，照著摩托車鏡子笑一笑，才發現那是結石。明明每天早晚都有刷牙，最後仍然被趁虛而入。像是去海邊走一趟，回家洗澡才發現耳朵的皺褶深處或者髮根還沾著小沙粒。

想起洗牙的聲音，那是魔鬼的聲音，世界上最令人恐懼的聲音之一。比起指甲刮黑板，移動桌椅摩擦地板，那洗牙的「啾啾聲」像一道閃電，劃破天際，筆直的射向自己，彷彿可以清楚地感受到它的聲音穿入耳膜抵達大腦的路徑，直達令人發顫的核心。

總覺得牙醫師像礦工，挖掘結石或拔牙都像在挖掘一個寶物，看到構造奇怪的牙齒甚至會開心得像發現新物種一樣，與一旁的護士嘖嘖稱奇。然後拿起鉗子用「這樣扭轉真的可以嗎？」令人擔心的力道拔著牙齒，頭顱被使勁的拉扯，彷彿再那麼一下，下顎就會被拆開似的。讓我想起國小清除操場跑道野草時那種出力的狠勁。

也許牙醫真的可以拆開人的下顎。牙齒之中有個按鈕，用一些密碼式的轉法拉扯後就能打開。開啟後的下顎是祕密的寶窟，裡面是從小到大的我們，該說的與不該說的祕密。然後牙醫盡情瀏覽翻閱，尋找對自己有幫助的資訊，時不時轉過頭用那戴口罩的嘴巴與護士助手笑一笑，或者用小手電筒照著精彩的某物指給護士看，分享那種私人畸形的祕密。

牙齒是否藏有祕密？

在火車上的金正日都把糞便運回國內，那也不過是一兩日的記憶（排便順利的話），而日夜伴隨、朝夕相處的牙齒是否又藏有更多不可告人的東西？那全部換過一輪的乳牙應該是神聖的，有著最純真原始的我們，也許還帶有我們一直在追求的超越身體時空的靈性。而之後重新生長的牙齒，就如同人本身一樣，開始帶有小聰明與傲慢自大，吸取每天的資訊，往善良偏一點，向入世多一些，偶爾做點不傷大雅的邪惡，最終變成似笑非笑、嚴肅而不帶表情的樣子。

「你看起來好像不開心？」

「這就是我的臉。」彷彿長大後的牙齒就會這麼回答。

這種躲在嘴唇裡面沉默的東西，可以說的也許比糞便更多，畢竟沉默的人往往想得更深更遠，更捉摸不定。牙醫師公會保守了這個祕密，從幾世紀以來用最嚴格的標準守護著，這是他們的聖杯。牙醫師蒐集牙齒，他們盡可能的拔除牙齒，稍微一點傷害，就會下「這個最好拔除」的評論。智齒最好拔掉，留著也只是徒增細菌。這顆牙不行了，不拔的話會影響周圍的牙齒。牙醫師也許會在拔完的時候帶點開玩笑的口吻問你：要不要留著做紀念？然後我們看著放在托盤上沾著黏稠的唾液和血，長得跟自己想像中不一樣且畸形的牙齒害羞的說：啊，應該不用。甚至討厭起那顆讓自己痛苦的牙齒。牙醫師就笑一笑，把牙齒給收了起來。

拔除後的牙齒都哪裡去了？牙醫不會跟你說。他們將牙齒蒐集起來，用特定祕密的儀器分析，解構出牙齒主人的個人資料：性別、年齡、興趣、志向、能力、所做過的夢、善良與邪惡的念頭、單純與害羞的祕密等等，透過牙齒將一個人解析徹底，然後將資料建檔，以備不時之需使用，或者將資料轉賣給獵人頭公司，或者任何需要你的人。一個人再怎麼無用，仍然會在世界上有個容身之處。牙醫師們會仔細收好每一個人的牙齒，不放過任何機會。等到特定的時機，牙醫就會選定特定的牙齒、特定的人來扭轉命運。有牙齒的醫師們掌握病人的祕密，世界被他們的鉗子一拉一扯，就會有所改變，只要他們願意。

「嗯嗯。」友人回覆訊息。

我把關於牙醫的想像用通訊軟體告訴友人後，居然只有嗯嗯兩個字，讓我有點失望。以後有想法不跟他說了。

「既然你對牙醫想像那麼多，那你就去中華路湯姆熊的樓上那間牙醫診所看診吧。」過了十幾分鐘後，友人回覆這段訊息。

「湯姆熊樓上？」我問。

「對，就在中華夜市那邊，一棟曾經商業蓬勃、但現在看起來已經沒落的大樓，只要路過就會感受到這種氣氛。一樓是遊樂場湯姆熊，右側有一個像是學校活動中心的大樓梯，往上走沿著走廊到底，就是診所的所在地了。」友人說。

「有名字嗎？」

「那間診所沒有名字，網路上是暱稱湯姆熊牙醫。根據少數資料來源表示，湯姆熊牙醫並非每個人都可以看診，有些人順利掛到號了，有些人則沒有，這其中的標準沒有人知道，而且通常是被拒絕的比例較多。而那些少數掛到診的人，除了順利解決牙齒上的問題，在生活上似乎都產生了變化。進去診所後，他們好像學到了新技能一樣，突然對某項工作特別在行或有新的見解，進而在該領域發光發熱，佔有一席之地。雖然周遭的人對其志向與能力的快速轉變感到不解，但他們還是他們，個性習慣都是一樣的人，就只是多一些技能，而且像是存在已久很自然的習慣一樣，好像突然想起來似的，喚醒了沉睡許久的本能。況且改變的結果也不差，所以就算是親密的人對於改變也是欣然接受，並且給予肯定和祝福。」

「喚醒沉睡已久的本能。好像克林他們去那美克星被大長老摸頭激發潛能一樣喔。」

「嗯嗯，值得一提的是，那些去過湯姆熊牙醫的人，似乎和醫生建立一種良好的關係，或者說是很親密的互信，會以兄弟或親屬稱謂來互相稱呼對方，彼此像是熟識多年一樣，多了一層外人無法理解的關係。是什麼時候變得那麼好的，為什麼有些事情連身邊的親人和老朋友都不知道，這是身邊親友對他們的疑問，也是令外人感到困惑的改變。」

「你怎麼會知道那麼多？」

「PTT上面寫的，之前有造成一股熱潮，大家曾積極的討論過，好像是由去過湯姆熊牙醫的人的親屬所發表的文章，裡面提到自己家人的改變以及種種不解的現象。『先生從診所回來後，開始對醫學方面有興趣，說了一堆我聽不懂的專業術語，甚至開始寫起潦草的英文，在此之前是個在賣場上班的經理，對醫學和英文根本一竅不通。』家屬的疑問造成網友的熱議，也吸引了一些同樣是其他家屬的成員過來討論，但還不到一個禮拜時間網站就撤掉文章，就連後續在其他平台討論，在尚未形成氣候的時候，就會被刪除或取消帳號資格，似乎有個不小的外力在影響著，不容許家屬或者網友討論關於湯姆熊牙醫的種種事情。再加上當事人有出來駁斥謠言和澄清家屬的疑問，所以討論事件便不了了之了。」

「怎麼聽起來像個邪教團體似的。」

「但其實也還好，就如先前所說的，除了多了新的技能以及跟湯姆熊牙醫關係變得緊密之外，其他沒有什麼改變，某方面來說是變得更好了，並沒有造成什麼損失。」

我思考了一下「新的技能」這件事。「所以我只要直接到湯姆熊樓上走到底就可以了？」我問。

「不，因為先前PTT事件的關係，造成許多好奇的人上門，引起不小的騷動與困擾，所以得事先打電話預約，在確認好人數時間後才能過去。而且，是無預警的方式通知，時間不一定，有可能馬上就會接到電話，有時一個禮拜，甚至好幾個月，沒有一定的規律時間。而且診所規定到達掛號的時間很特殊，例如他們會要求你在下午四點零六分的二十一秒到三十六秒之間到達，要剛好在這個範圍裡面，多一分少一秒都不行，超出範圍就會被取消掛號的資格，得重新打電話預約等待通知。有時還會以信件的方式寄出掛號邀請函，上面會有一首謎語短詩，或者一個精密的迷宮，破解答案之後打電話給診所，將迷宮拍照寄到電子信箱，才能得到掛號時間。」

「什麼啊。」我說。送出一個翻桌的圖案。

但傳出這個不以為然的訊息之後，我知道我被這家診所深深吸引了。不是因為能夠得到新技能，而是因為那種神祕氣息吸引著我，我想一探究竟。我曾經因為對宗教團體的生活感興趣，而以基層的學員身分進入某個組織裡，想了解宗教團體的運作，他們都做些什麼，有些什麼樣的戒律，為何藉由這些規則能夠獲得普遍民眾的信任，甚至交付出自己的思想，騰出一個空間，讓新的思想住進來，並且不斷的擴大，最後取代原本的自己，全心全力奉獻於宗教裡面。

但我的目的並不是揭發一個宗教的真相，也不是去取笑師父或學員們異於常人的特殊行為，而是去了解這個世界，原來也有這樣的生活方式，像是去了解一個新的族群一樣。我閱覽他們的故事，就只是這樣而已。

雖然有時也會被感動，感激他們傳承給我好的思想，或者發生一些令我不敢苟同的事情，但我仍然會保持我原有的樣子，對萬物報以開放的態度，不妄自設下界限。有些東西進入我的身體，有些則穿越離開，對我而言，萬物都是短暫的停留，沒有什麼是一定的存在。對的事情有時是錯的，相反也是，沒有必要堅守一個觀念直到永遠。我珍惜每一個觀察機會，像浮潛在海底看到美麗的魚，下一秒牠游了過去，我知道之後永遠不會再見到牠的身影，但我知道牠的存在，不會去想特意擁有牠，把牠圈養在魚缸裡，我所需要的只是曾經擁有過的短暫一瞬間，然後記得。

輕輕深入，再慢慢離開。

◆

湯姆熊牙醫打電話來的時候，我正在看電影《星際效應》，太空人降落一座海洋再離開，地球已經過了七年。深夜十二點二十九分，我穿越難以行走的座位走道，不小心摸到前座的頭髮以為是椅背。在黑暗的地方以手掌碰觸陌生人的頭髮，是難以形容的經驗，如同身處在巨大的恐怖箱，頭髮的觸感可以是任何形狀的生物，那一瞬間好像也過了七年。我連忙道歉後走到外面。

「請您於凌晨一點十二分的二十到三十九秒之間抵達。」一位年輕男孩的聲音，說完這句話便掛斷了。我過一會兒才緊張起來，看看時間，現在騎車過去應該還來得及，傳了簡訊給電影院裡的友人說有事要先離開，便直接往診所去了。

抵達朋友說的湯姆熊大樓，的確如他所說的，有曾經繁榮但現已破舊的感覺。整棟大樓黑漆漆的，只有一樓挑高的湯姆熊遊樂場發出極亮閃爍的光芒，並隨著電動門的開闔溢出噪耳的遊戲聲音。街上沒有什麼路人，周圍的熱炒攤販仍然擺放滿滿的鮮魚與內臟，表面閃耀著光澤，彷彿不管過了多久，馬路汽機車如何奔馳揚起煙霧與粉塵，這裡的海鮮永遠能夠保持它剛撈上岸的鮮度與亮度，內臟也像剛離開身體般的具有生命力，若立刻移植到動物身上似乎也仍然堪用。

我總是好奇，這些賣不完的食物最終都流向何處。但這不是現在思考的重點，雖然抵達這裡，但能不能順利掛號仍然沒有把握。

我順著右側樓梯走上去，相當寬敞的樓梯，感覺像是要通往某個禮堂。樓梯上去是一個開放式大廳，裡面空無一物，柱子邊有一台黑色音樂播放機，大概是某個街舞團體曾經在這裡練習，然後右側才是友人所說的走廊。我沿著走廊走，經過一間間沒有招牌的深褐色木門，看起來不像是一個有在營業的場所，比較像是一間間的教室，就算選在這裡開店應該也不是一個好選擇。

經過四道門之後，我終於來到最後一間房間，我抵達湯姆熊牙醫了。時間是凌晨一點十二分，我站在門口等待秒針移動到二十秒的位子，然後就可以按下門鈴。門口也是空無一物，只簡單寫著「牙醫」兩個字的招牌，感覺待會什麼人開門都有可能，我會不會闖入一個黑幫巢穴、被友人陷害而不自知？或者一開門是少年時期的我，這間大樓無意間連結了過去，讓我可以扭轉命運，教導過去的我什麼該做或什麼不該做。

在等待的時候我胡思亂想，秒針指向二十秒的位子，然後門自己打開了，一位年輕男孩站在門口。

「您好，現在仍無法掛號，得先做3D斷層掃描確認您符合資格後，才能夠做接下來的療程。」男孩說。

男孩穿著白色針織上衣，上面繡有各種顏色混雜的幾何圖形。他是我見過擁有最純淨的眼神，感覺不曾經歷過世界的改變一樣，成長對他來說沒有阻力，在最好的環境長大，各種情緒也收拾得好好的，不輕易外露。感覺他像一個房間，不管是內在或外在，一定是分門別類將幾個櫃子整理好，並且沒有一絲灰塵。已經是深夜了，眼神卻仍然發亮，彷彿不需要睡眠一般。

「不好意思，請問你不用先核對我的身分嗎？」我問。

「難道你不是你嗎？」男孩說。

「我是啊。」突然覺得我問了一個愚蠢的問題。

男孩禮貌性的笑了一下，「我們一次只會通知一個人，時間也只有當事人才知道，所以並不需要再去核對身分。況且得經過3D斷層掃描確認資格，在這個關鍵點沒有通過的話，無論改變什麼、做什麼手段或有什麼企圖，最後也無法繼續下去，所以身分並不是問題，符合資格才是最重要的。」

原來如此，必須先通過3D斷層掃描這一關。說完男孩帶我進入一個用厚重布料遮起來的空間，讓我站在掃描機前，嘴巴含著一個突起物，嘴唇張開露出牙齒，像是一個祭祀什麼的祭品，讓我感到有點害羞和緊張。掃描會有風險嗎，會不會我身上帶了什麼影響機器，進而發射出致命的射線波？結果什麼也沒有，機器轉了一圈，然後就結束了。我到一旁的座位等待，環顧一下診所四周，走的是極簡的裝飾，灰色水泥地與樣式俐落的木頭桌椅，沒有多餘的東西，大廳只有男孩的工作桌椅、3D掃描室和給客戶坐的簡易設施，最引人注目的是有一整牆的櫃子：上面擺放各式各樣的牙齒。

有數十種包含著上下顎的牙齒，形狀各異，有排列整齊完美的，有缺幾顆牙，上下顎合不起來、造型奇怪的牙齒。也有部分散落的牙齒，排列在鋪著紅絨布的盆子上，像是由牙齒組成的盆景作品。其中有一個圓柱型玻璃盒，裡面只有一顆牙，但跟普通牙齒比起來相當巨大，足足大了三倍多，很難想像它出現在正常人嘴巴是什麼樣子，會像豪豬一樣尖尖突起刺穿皮膚嗎？這些看起來都像是真牙，不像用來解說的齒模，雖然牙醫診所有牙齒是很自然的事，但這樣大方的展示出來，還是有點駭人。會不會待會我的牙齒也成了他們的收藏，在注入一針麻藥昏睡之後，湯姆熊牙醫奪取我的真牙，讓我成為沒有牙齒的人？

再往真人牙齒旁邊看，就換成動物的牙齒了。各種形狀造型都有，跟剛剛的比起來，大小體積呈現了巨大的變化：鱷魚、老虎、馬來貘、駱駝、鯨魚、海獅等等，這些是屬於大型動物，小型的還有各種鳥類的喙，蝙蝠、蜥蜴和蛇的牙齒等等，整個牆櫃像是一個博物館，整整齊齊展示著蒐藏品。其中一個牙齒最讓我印象深刻。這是一個人類的牙齒齒模，但上面只有一顆是人類的牙齒，其餘是由各種動物的牙齒所組成。雖然牙齒形狀長度不一，但卻細心安排上下的高低落差，左右牙齒的寬度形狀也做適當的安排，讓它可以完整的閉合起來。但這一切太奇怪了，為何要費盡心力找尋各種動物形狀的牙齒來拼裝？況且，參差不齊的牙齒閉合起來，看起來就像是用木板亂釘、被封鎖的一道門，已經不是熟知的牙齒形狀了。

就在我看著這副畸形牙齒時，男孩走了過來。

「恭喜您符合資格了。」男孩親切微笑著。

「可以問一下是什麼條件讓我符合資格嗎？」

「這個待會由醫師來幫您回答，我就不便多說了。」隨後男孩帶我進入診療室。這裡和一般的牙醫一樣，有一個可以調整傾斜度的椅子，以及林林總總用來拔除牙齒的手術用具。然後我聽到了鈴鐺的聲音，先是細小瑣碎，再慢慢大聲清楚起來。

「醫師要過來了，」男孩說，「他的腰間有一個吊環綁著鈴鐺，所以走路的時候就會發出鈴鐺的聲響。醫師喜歡鈴鐺的聲音，說是會讓他心情愉快。有時他為了聽鈴鐺的聲音，會故意在辦公室裡繞著圓圈走，除了鈴鐺，說繞著圈圈的速度線也會幫助他思考。」

醫師走了進來，身形肥胖，梳短油頭，戴著一副細框圓形眼鏡，但因為眼鏡太小，或者是臉的肉太多的關係，有一種眼鏡被臉吞沒的感覺，好像深陷在眼窩裡一樣。他腰部的一串鈴鐺比我想像的還大顆，不斷的發出「噹、噹、噹」的聲音。醫師讓我覺得很面善，像在哪裡看過的感覺，想了一會後，才發現原來長得像《侏羅紀公園》第一集裡，偷取恐龍胚胎、最後在下雨的叢林裡被雨傘狀恐龍吞食的電腦程式設計師。

「你好，讓我們來洗牙吧。牙齒洗乾淨了就會少一個煩惱，我最喜歡洗完牙之後用舌頭舔著牙齒了，那種感覺無法形容，像是舔著別人的牙齒一般。」醫師說，一邊戴上手套，「這裡已經三個多月沒有門診了，並不是沒有人來，相反的來的人相當多，但卻沒有一個符合資格，讓我們不禁想這種人是不是從世界上消失了，還好今天遇到了你，你應該要知道自己有多特別。」

「請問醫師的名字是？」我問。

「我的名字現在並不重要，待會你就會曉得，並且知道的會比名字多更多。」醫師笑了一下，因為臉頰的肉塊往上抬，讓眼鏡更往眼窩裡面縮。由於醫師不告訴我名字，我只好暫時仍然稱他為湯姆熊牙醫了。

◆

我躺了下來，湯姆熊牙醫開始幫我洗牙。洗的方式和其他家診所一樣，沒有什麼特別之處。我感受到強勁力道在我牙齒表面移動，然後鑽入所有的縫隙裡，把一些卡住許久的髒東西清出來。為了清除牙結石，牙齒像是被切割成好幾個碎片一樣，牙齦被尖狀物不斷的侵入，感到一陣一陣的刺痛。然後是那些尖銳的洗牙聲，與其說害怕疼痛，不如說更害怕洗牙所製造的聲音，心理的恐懼大過於現實。漱口後吐出，洗手台充滿血液，用舌頭舔一下牙齒，幸好還在，然後又不斷的重複清洗的程序，直到每一顆牙都呈現完美的狀態。

的確像是別人的牙齒，用舌頭來回的檢視，表面的觸感變得跟以往不一樣，但覺得過於鋒利，彷彿會割傷舌頭。牙齦好痠，牙齒好像也變得很脆弱，感受到漱口水的冰冷，但這都是一般洗牙的感覺，並沒有什麼新的能力或其他感受，到目前為止都一樣。

「洗牙結束了嗎？」我起身坐在躺椅上問。

「是啊。」湯姆熊牙醫說。

「好像沒什麼特別。」

「什麼意思？」

「聽友人說，來過你們這家診所的人，都會得到一種新的能力，我也不清楚那是什麼，但好像是一種可以改變命運的技能。」

「喔，改變命運的技能。你就是為這個而來的嗎？」

「也不算是，我並不是想得到某些能力，我對現在的生活還算滿足，而是想來確認一下事情的真相。」

「那你有確認到什麼嗎？」

「目前為止沒有，沒有感受到自己有任何變化。洗牙的技術也一般，對我來說，這是一家普普通通的牙醫診所，比較特別的地方就是開店地點和掛號時間，當然還有那些牙齒收藏，沒有一家診所會展示這麼多的牙齒。為什麼要蒐集那些牙齒呢？有人類、動物，甚至還拼裝一個雜亂的牙齒出來，這是我比較好奇的地方。也許是有些人看到這些牙齒收藏品之後，才開始對你們這家診所有奇特的想像，畢竟這不是普通診所會做的擺飾。」

「關於我的牙齒收藏和一些問題，待會再跟你說。現在我們先來看看你的掃描圖，診療可是還沒結束喔，」湯姆熊牙醫笑著說，「你看看你的乳牙，一般人都會自動脫落，但你的乳牙卻還保留住一些牙根在第一臼齒和第二臼齒之間，與現在的牙齒共存，而且還是兩邊都有，這是很特殊的現象，沒有人的乳牙可以保持那麼久。」

「這就是我獲得資格的原因嗎，因為我的乳牙？」

「也許某方面是，某方面也不是。我站在醫師的立場，會建議把它們拔除，因為它們早就超過了登場時間，這不是它們該有的功能，留著也是徒增細菌，增加發炎或者蛀牙的機會。所以我以專業的醫學角度來看，乳牙是必須拔除的，這是我的建議。當然，我對乳牙的好奇也是有的。如你所知，我有收藏牙齒的癖好，成年後的乳牙也是我的收藏之一，希望我也有機會將你的乳牙列入收藏。」

「對你來說，乳牙有什麼特別的地方？我曾經跟友人說過一些關於牙齒的想像，我覺得牙齒藏著許多不為人知的祕密。」

「哈哈，有可能喔，畢竟那是跟著身體成長的東西，若可以，我也想知道那些祕密，畢竟有太多不知道的東西，也許我們一直在追求的生命起源答案，或者宇宙生成的祕密，就藏在離我們很近的地方。」

「我也是這樣覺得。」湯姆熊牙醫幫我打了一針麻醉針之後，用一個儀器將我的嘴巴固定成張開的樣子，我感受到施打的部位開始麻麻的，然後逐漸擴散到整個口腔、嘴唇、下巴、我的臉頰。麻醉範圍似乎沒有邊界的攻下一座座身體堡壘，像一道麻醉之火恣意的在身體野原上亂竄，其所到之處似乎都成了焦土，失去所有的知覺，甚至連顏色也被奪走，現在我一定是慘白的臉仰躺在手術椅上。感覺和之前的拔牙麻醉不一樣，這次藥效更加濃厚，超出了我的理解範圍。

我想移動身體，卻發現一點也無法反應，藥效之強連身體也無法動彈，身體感覺和腦袋脫離變成不一樣的裝置。我嘴巴發出微弱的聲音，想表示我的疑慮與緊張，但無法清楚發出任何字句，眼珠四處轉動搜尋湯姆熊牙醫的身影，但眼前只能看著天花板有限的範圍，還有照耀我口腔的白光。然後我終於發現自己陷入了一個窘境：只剩下一顆頭顱。

這時我聽見在遠處湯姆熊牙醫說話的聲音。

「在好幾個世紀之前，連我的祖先都還不知道將來會不會誕生的時候，牙醫師們就對乳牙感到好奇，展開許多大大小小的研究，一個生來就注定會被遺棄的乳牙，除了會影響日後牙齒的生長狀態之外，究竟還有什麼不知道的東西。」湯姆熊牙醫一邊說話一邊準備器材，發出金屬鏗鏘的聲音。

「終於，有位偉大的牙醫發現了乳牙的祕密：它是連結記憶的通道。但不是每個人的乳牙都可以，必須是伴隨著成年恆齒長大的乳牙，才能夠保持記憶通道的暢通。所以，這是極少數的人才會擁有的特質，畢竟所有人的乳牙在十二歲之前就會陸續掉光，就算幸運的保留了下來，也不知道乳牙擁有的神奇之處。只有我，世界上少數知道這個祕密的人，才能將乳牙的效用發揚到最極致。」湯姆熊牙醫的聲音頓時變得低沉有力，像是一個知曉世界起源的智者娓娓道來令眾人迷惘的渾沌歷史。

我感受到意識正在消弱，痲醉劑不只是讓身體無法動彈，似乎也想讓我沉睡。乳牙的祕密，記憶的通道，一些關於湯姆熊牙醫的真相正逐漸明瞭。湯姆熊牙醫定是要趁我沉睡的時候進行一些我不知道的手術，我想到外頭架子上那個鑲滿各種動物牙齒的雜亂齒模，感到一陣害怕，無法想像這樣的牙齒在我臉上的樣子。我必須再努力使自己清醒，想辦法脫離這個窘境，儘管腦袋昏沉的感覺愈來愈厚重，好像有一股力量持續將我拖入漆黑的大海深處，或者進入那種返鄉路遙、窗外是深藍紫色風景持續好幾個小時囚禁在狹小座位的搖晃巴士。

「為了知道這個祕密，我費了難以想像的力氣，才得知在歐洲最古老、也最有影響力的牙醫師組織『O』——以嘴巴造型來當作代表符號——在一個數百年才可能出現一次的難得日子裡，其中一個由家族世襲幾個世紀的卷軸失去了繼承人，組織『O』將卷軸拿到蘇富比進行拍賣，等於向世人發出邀請函，得標的人將可以與他們共享世紀百年的祕密，並且成為組織『O』的一員，共同守護傳統並發揚組織的榮耀。我想盡了辦法動用了好幾層關係、排除無數擋在我前面的競爭對手，才順利得標，成為卷軸新的世襲繼承人。雖然得標之後我所剩無幾，龐大的貸款與積欠無數的人情債壓得我喘不過氣，再一道微弱的風就可以將我擊倒，但我知道只要得到這個卷軸，這個乳牙的祕密，我就能夠東山再起，重新站立在比以往更高、更遠，無法想像的位子。」

我看見湯姆熊牙醫出現在我的視線，但在強光之下無法看清楚他的臉，只有他那凹陷在眼窩肉塊裡的眼鏡反射著一層白光。這一切正在模糊，我的睏意找不到出口成為淚水，囤積之後再順著眼角流下，然後再囤積成新的水窪，我的視線覆上了一層水面，好像躺在某個河流裡，湯姆熊牙醫正扶著我的後頸與後腦勺幫我放入水中，進行他神聖的乳牙受洗儀式。

「組織『O』」、「蘇富比」、「卷軸」，我把這幾個字收好串在一條線中，緊緊抓牢，綁在我的身體上，這是拼成答案的單字，了解事件始末的真相，我不能讓它們溜走。

「成為組織『O』的一員後，我便開始研究這個我日夜期盼的卷軸，組織也派了幾個成員協助我理解祕密，愈是深入研究，愈是覺得之前所花費的金錢和時間都值得了。」湯姆熊牙醫笑了幾聲，聲音像某種蛙類的叫聲。

「組織『O』發現乳牙是記憶之根，那些成年後仍然殘留在恆齒旁邊搖搖欲墜不起眼的乳牙，像是大家族裡默默忍耐沉默可靠的老管家，把家族史一一的烙印在腦海中，隨口就可以說出一段淒美壯麗的祖先開拓史。乳牙就是這樣的角色，靜靜的把一個人記錄下來。記憶、興趣、專長，可說和不可說的話，全部鉅細靡遺的留了下來，鎖在一顆小小的乳牙當中，祕密就藏在它看似光滑、肉眼看不到的細緻微小褶縫裡。乳牙是沉默的記憶體，遺落在荒原大地、叢林祕境無人看得懂的世界遺跡碑文。而最彌足珍貴的，除了乳牙保留的資訊外，它還留下了『根』，乳牙的根就像是個電腦硬體的卡槽，提供了一個連結，連結外部資訊，輸出與輸入的管道。也就是說，我將你的乳牙拔走，我帶走了乳牙目前為止保留你的一切資訊；換個方向來說，我植入他人的乳牙在你乳牙的『根』上，你就會擁有他人的記憶。你仍然會是你，但同時也擁有他。」湯姆熊牙醫靠近我的臉，拉下了口罩，露出了尖尖細小排列密集的牙齒，傾盆笑著，這是我看過長在人臉上最醜陋的牙齒，彷彿嗜血的食人魚。

湯姆熊牙醫拿著一把鉗子，上面有一個亮亮的東西。「這是我兒子的乳牙，想像一下，我把它裝在你乳牙的根上會發生什麼事？」

睏意已將我拉到最深的海底，我覺得身體既沉重卻又像飄浮在空氣中，一種沉重的飄浮，墜入在沒有著力點的空間裡。眼皮像厭煩了夜以繼日無私的開闔，雙手一攤拒絕經常被忽略的奉獻，垂垂的往下掉。一股溫暖舒適的感覺從眼睛散開擴散到整個腦袋和身體，怎麼會有那麼美好的閉眼，前所未有的舒適感逼迫我進入沉睡的世界。我看不見湯姆熊牙醫了，我無法知道真相，但我即將成為真相，變成另外一個人。這是我最後僅存的自我意識，清醒之後將是另一個我。

「變成我的兒子……」我依稀聽見湯姆熊牙醫的隻字片語。「領導人……新的技能……統治世界……」然後跟往常一樣，突然進入睡眠的世界裡。

◆

我醒來，不知道過了多久，身體仍然微微晃動似的沉重無力。我緩緩起身坐在手術椅上，看到湯姆熊牙醫和一位男孩站在一旁。男孩並不是櫃檯那個清晰的男孩，而是擁有看起來入世得多、長著一雙「我吃定你了」的銳利鳳眼瞪著我看，伴著一口等著看好戲的微笑。但不知為何，我對於男孩有一種模糊的記憶，感覺像是在哪裡看過他。

「這是海明威的乳牙，」湯姆熊牙醫拿著一個珠寶盒，在紅色絨布上放著一顆牙齒，「我是他的超級書迷，他寫的《阿爾卑斯的牧歌》太有趣了。農夫妻子死後，因為天候寒冷無法下葬，妻子的屍體變得僵硬，農夫因為貪圖方便，竟將油燈掛在妻子的嘴巴上，使得妻子的嘴嚴重變形垮了下來。哈哈，有趣吧，農夫深愛著妻子，但人死後就變得跟物體一樣，毫無價值了。」湯姆熊牙醫把裝有海明威乳牙的珠寶盒收起來放到架上，並拉開旁邊一個櫃子抽屜，裡頭有一顆顆的乳牙，按照某種順序排列的樣子，上面貼有許多紙條。

「我還有各種乳牙收藏。金融、科學、文學、藝術、演員、導演、哲學家、領袖、國王、少數民族，等等。透過組織『O』的協助，我陸續得到許多夢想中的乳牙，就等待一個新的軀體來裝載它。這些實在是很難得，有乳牙的人愈來愈少，能夠找到一個軀體，就是一件值得慶祝的事。你是我的貴人啊，孩子。」

湯姆熊牙醫過來握住我的手，我因為藥效的關係沒有力氣回應，只能任由他像對著木偶講話一樣的自我排演。

「人的壽命是有限的，不管人獲得了怎樣的才華，終究逃不過生命的結束。你有沒有想過，要是一位天才的壽命無限長，這世界會是怎麼樣？我覺得神應該會受不了（若有神的話），這世界會發展太快、太過瘋狂。這一切須透過基因遺傳，或書本的記錄延續下去，像一種接力賽，這邊一點點，那邊再多一些些，最後累積成偉大的成就。這是一種『群』的概念，厲害的並不是個人本身，而是來自於群體的合作。但假設，若延續天才的想法不只是靠生命與書本，還有另外一種方法呢？乳牙就是一個關鍵，是一個密道。更快速而直接、精準的傳承想法理念，再搭配新的軀體，便能在新的時代融合成更好的人。組織『O』幾個世紀以來，獨自掌握了這個祕密，在他們的手術鉗子底下一拔一植，便改變世界的轉向。」

「你是說，這世界是牙醫主宰，那個組織『O』？」我說。

「這世界本來就是為少數人而存在，孩子，什麼人生而平等，這是我聽過最可笑的言論。」湯姆熊有點憤怒的朝著天空比畫手勢，口沫橫飛，如同一塊肉掉進亞馬遜河，而他正齜牙咧嘴分食著不慎掉落的肉塊，彷彿在對過去平凡的自己感到極其厭惡與羞恥難過。「窮人只要有個夢想可以追逐，他們就會像工蟻一樣安居樂業的勞動一生，稍微得到一點富裕，就以為有了全世界，其實也不過是活在已經編寫好的劇本裡。什麼宗教的慰藉、來世、修行、樂透，這都是既有權力者用來矇騙底層人民的手段。領導人死了，就再培養新的領導人，把乳牙裝在他或她身上。擁有權力的不是他們，而是身邊的牙醫師，擁有改變世界權力的組織『O』。我有海明威的乳牙，我就能夠製造下一個海明威，維持他的想法、語調、筆法，甚至變得更好。這就是權力者玩的遊戲，決定什麼該留，什麼該繼續下去。」

「若可以這樣影響世界，難道組織中不會有人起私心，想擁攬全部的權力於一身？」

「沒有人敢對組織有任何遐想，組織是由幾個家族世襲組成，權力均等，彼此合作，或者也可以說互相制衡，沒有人會有一點心思想破壞這得來不易的祕密。你知道伊拉克的獨裁者嗎？他根本不是像新聞所說的殘暴，他是世襲的組織『O』成員之一，他只不過是對組織有所質疑，就被下令全部殲滅。地面坦克部隊轟炸、無人戰鬥機空襲、縝密策劃的叛變、一連串的全球媒體輿論攻擊、甚至焚燒當地的圖書館等跟他有關的任何文書，消滅他的歷史本文，塑造成無惡不作的世紀魔頭。軍方將他逮捕根本不是為了將他送往法院審判，而是為了拔回裝在他嘴巴內的乳牙，一顆傳承已久的王者之牙。組織奪回牙齒後，將會討論新的繼承人，世界仍然會恢復成以前一樣，消失一個，就會從另外一個地方重新站起來，人格的血脈就靠著一顆牙齒恆久流傳。」

湯姆熊牙醫原本憤怒的神情慢慢平復下來，輕輕嘆了口氣，「但我對這些鬥爭沒有興趣。」走到一旁架上拿出一個小巧精細的牙齒骨架。「我有個想法，我這人對實驗本來就比較感興趣，那些權謀鬥爭不是我擅長的領域。我在想，要是把動物的乳牙移植到人類身上，會發生什麼事。」

湯姆熊牙醫用雙手按壓牙齒骨架，一開一闔的像是骷髏在說話。那是一個蝙蝠的牙齒。「動物有許多天賦是人類所沒有的，若乳牙可以傳承記憶，那是否可以將動物的本能移轉到人類身上呢？當然有些身體構造的關係，不可能百分之百的複製過去，但若搭配科技的使用，也許就能夠發揮完美的動物本能，一種野獸般的超能力。」湯姆熊牙醫眼神發亮，像是小孩子興奮顫抖的說著自己發現世界上除了他再也沒人知道的大事。但過了一會，卻又逐漸黯淡下來。

「有個孩子，我把她裝上野狼的乳牙，但情況並不是很好，動物的本性大過人性，她像狼一樣蹲著在房間來回俯衝奔跑，撕碎布料，滿嘴口水，噴得房間到處濕答答，不斷咿咿呀呀的悲鳴吼叫，簡直像是從小被狼群馴養長大的野孩子。動物乳牙似乎還有很多地方需要修正，仍然有一段長路要走。但以實驗的結果來說仍然有所斬獲，這證明動物的乳牙移植到人類身上有所作用，這是一大發現，連組織『O』都沒發現的嶄新祕密。」湯姆熊牙醫從黯淡的眼神又變成抓狂的樣子，性格的起伏變化讓他像是個瘋狂的科學家。

然後他開心的在手術燈前用手比出大象、老鷹、兔子的手影，自己笑到東倒西歪。在此快樂得意的時刻，他不知道自己在若干年後，將會被組織「O」放逐到一座偏遠的無人島上，連同他那一群群半獸半人的孩子，孤苦終老。而這些半獸人孩子在湯姆熊牙醫在世時勉強還留有人性的規矩，但在他死後，食物鏈的弱肉強食凌駕一切，再搭配人性的聰明險惡，無人島上演了一齣齣慘絕人寰、鉤心鬥角的大廝殺。

「咳咳。」一旁的男孩輕咳幾聲，「爸爸冷靜一點。」男孩說。

湯姆熊牙醫愣了一下，然後將手勢收起來放到背後，搖晃幾下身體，將情緒調整到嚴肅的樣子。

「他是我兒子，」湯姆熊牙醫說，「如何，有沒有覺得有什麼變化？傾聽一下你的內心聲音，剛剛在你熟睡的時候，我已經將我兒子的一顆乳牙植入在你的右側臼齒間乳牙的根。」

男孩微笑，露出了一排參差不齊的亂牙，仔細一看，牙齒之間都留有一顆乳牙。湯姆熊牙醫似乎用了某種方法，強制將乳牙留在兒子的嘴巴上。

「看到了嗎？一般人在偶然的機率下才會殘留乳牙到成年，但我用了方法，讓乳牙與恆齒一起生長，雖然看起來亂了點，清洗也比一般牙齒費工夫，之後還必須進行牙齒重建手術，但這一切都是值得的。想想，若一顆乳牙移植到他人身上，就可以把記憶等複雜的資訊複製過去，那我保留我兒子的乳牙愈多，就可以將兒子的記憶移轉給更多人。」湯姆熊牙醫說。

「為什麼要移植兒子的乳牙？」我問。

「要控制一個人，當然要靠血緣。這世界上沒有比血緣連結更強的羈絆，移植一顆乳牙，就等於我多了一個兒子，再加上被移植者的第二顆乳牙，那我的家族想要什麼能力就有什麼，沒有比這更強大的力量了啊。」

「來當我的兄弟吧。」兒子說著，伸出右手，等待我接受。看著兒子的亂牙，想到現在有一顆乳牙正在我的嘴裡，內心就一陣反胃。

但回憶之河像貝殼的裡層一樣閃著銀白的虹光射向我，過往的種種影像清晰起來：第一次騎腳踏車，在旁邊扶著我的人原本是我小時候的死黨，但逐漸變成模糊的臉，在緩慢前進的時候慢慢清晰起來，當他放手讓我奔馳的時候，我回頭看那追逐在後面的人，那是兒子的臉，他仍然一口亂牙，對著我揮手笑著。國中被一群人圍堵在廁所後面的荒地，在被擊落幾拳後，倒在滿地樹枝與腐爛樹葉上，一陣苦悶餿味自泥地上升起，手心與身體沾滿黑泥，有一個人站出來替我擺平現在想起來是微不足道的小事，那人轉身看我，是兒子的臉。在無數的生日宴會、陌生小鎮的寂靜夜遊、深山溪谷的跋山涉水、玩火不慎燃燒鄰居雞舍替我頂罪，等等等等，在這些回憶中，都有兒子的臉。

而我的父親，載我離開家鄉到異地讀書，再開車從異地裝滿他不懂的行李回到家鄉，從不捨離家的小少年，到久久才回家一次、鮮少打電話回去有點害羞情怯、只聊天氣的成年人，我父親的臉，變成了湯姆熊牙醫的樣子。

那是一種失散多年親人的感覺，這些日子你去哪裡了，為何變得如此熟悉又陌生？我想和你們說話，從早到晚，我要填補這一大段空隙。應該說我們都有在一起，但我想通過彼此深談再確認一次，這些事值得回憶，值得我們徹夜未眠的提起啊。我的眼睛感到酸楚，眼淚隨時準備離開臉頰降落地面，我伸出顫抖的右手，緊緊握住，發出如同在很深很深的山谷傳來的聲音，那是另一個我，在靈魂深處的我，說：

「哥哥！」

「好兄弟。」手的溫度傳遞到我的內心讓我感到溫暖，哥哥露出的亂牙是我童年過往深深懷念的印記，乳牙閃耀著金色光芒，像是在陽光底下波光粼粼的溪水。湯姆熊牙醫拉出一排像是珠寶展示的抽屜，上面是一排排整齊的牙齒，底下鋪著珍貴的暗紅色絨毛布，每顆牙齒下方貼著一張小紙條，上面寫著各種職業和念得出來、赫赫有名的人名。

「來，乖兒子。讓我們來看看你要什麼新技能。」湯姆熊牙醫，我的父親說。

後記

柔軟的奮鬥

Afterword

忘記幾年前，自由副刊的孫梓評問我要不要寫一篇短文，那時我很驚訝，也猜不透為什麼孫君會想要我寫一些字，因為從未跟孫君討論過寫字這件事。思考過後，我想到一則日記也許可以發展成故事，剔除一些比較私人的敘述後，拼了命的擠出了一篇五百字短文，也就是這本書的〈叢林〉。現在想想，它也許就是這本書的起源，故事的開始。

但這本書的樣貌，起先並不是現在這個樣子，因為從未想過會寫這麼多字，整個雛型是緩慢的，到了最後才有清楚的輪廓出來。這好像跟我的作畫習慣有關，我常不知道想要什麼，總是默默的做，直到答案自己浮現出來，才了解到一些訊息和意義。

工作了幾年，心境多多少少有些改變，大量的產出作品，短時間的急件折磨，腦力的損耗，多個案子同時應接不暇，畫出爛作品的糾結，自己做得不好毀了別人的作品，等等一些折損信心體力的事，讓我對「接案工作」有了另一種看法。以前受傷後總是很快就可以恢復站起來，但最近發現恢復期有拉長的跡象，沮喪的時間愈來愈常出現，快變成常見的朋友關係。

我想大概是生活和工作模式某個地方出現了問題。這次剛好出版需要寫故事，寫字就很自然而然的成為插畫之外另一個出口，變成把所有的專注力花在文字故事上，暫時不去想圖的事。現在想想，滿喜歡去年半閉關的日子，接少少可以維生或有趣的案子，其餘的時間都留給了寫字。但這並不是一個健康的方式，畢竟接案是最重要的收入來源（中間看到存款不斷減少而緊張起來又開始接案），但因為我最好的狀態是一次做一件事，所以不得不做這樣的選擇。也因為寫字是一個全新的體驗，有一種回到最初創作的感動與活力，消除了這陣子插畫工作上的倦怠與障礙，彷彿重生一樣的感覺。

但並不是每天都很順利，雖然我的文字很簡單，但常常一天只能寫兩三行，或者完全無法寫，或者把前幾天寫的又刪掉重寫，很常是在心虛的狀態下度過一天，被內心的自己責備著，不事生產，自己的書又沒有進度。

一開始寫的時候很雜亂，想到一件有趣的事之後，就一頭栽下去順著靈感寫，結果常常不知道怎麼收尾，好像懸在空中不上不下，放棄又太可惜的狀態。後來和孫君聊，隱約談到先掌握到結局才開始寫這件事，給了我很大的幫助，有了結局之後，中間的曲曲折折就可以任意的轉彎，也不用害怕找不到終點。後來又聽孫君說有作家是把劇情片段寫在紙條上，等一個階段後才開始拼湊起來，這也讓我對寫故事不再那麼拘謹，把想到的先寫起來，之後再依據需要拼湊刪減在一起。非常感謝孫君閒談中無形的幫忙。

這本書故事的靈感大多來自日常生活之中。〈叢林〉是大學的時候和朋友去逛五金行買做裝置作品的材料，那時候黃昏的光線照進陰暗的五金行，只有一部分的貨品發著亮光，其餘都縮在陰陰暗暗的影子裡，感覺就是個危機四伏生猛的五金叢林。老闆穿著白色透氣背心，老神在在的盯著電視新聞看（當時在報導濱崎步來台灣住哪家旅館），完全無視我和友人。後來外面來了一台摩托車，婦人沒熄火便對著五金行喊「我要一袋衛生筷」，五金行老闆馬上起身到陰暗的貨架裡，窸窸窣窣地翻找，然後拿出衛生筷到外面給婦人。是不是這家神祕的店裡，老闆藏了一個魚缸，裡面有一座森林，木材取之不盡，生產只有當地人才知道的新鮮衛生筷。

也有這樣的發想，住家附近的郵局常常站著推銷員，拒絕久了有一天想，若他是要推銷厲害產品呢？若是可以改變一生的產品，那麼我不就和命運交錯了？於是延伸了〈萬花筒〉這篇故事。

〈拔罐〉與〈噩夢與藏品〉兩個出發點一樣，前陣子看到老舊市場被拆除的新聞，有一些攤商也跟著消失，那時候想，為何可以輕易去除掉有歷史記憶的東西，不管是老屋或者閒置的空間，執行的人都覺得新就是好，卻忽略了背後的價值。也許有些好的東西就因為這樣的拆除而永久消失了，以這樣的出發點，想到拔罐是去除某些不好的記憶，市場肉販則是割下纏人的噩夢，變成在攤販上賣的新鮮生肉和藝術品。

〈慢跑朋友〉是看了谷歌的眼鏡得到的想法，又這幾年發生了核災和核電廠存廢的問題，想像著若發生了核災只剩一個人留在災區，他唯一可對話的，將只剩下3D眼鏡的虛擬朋友。

〈小人物之旅〉是對谷歌的街景車感到驚奇，覺得怎麼可能在全世界到處拍攝，且愈來愈多荒郊野外也製作成了街景，甚至在沙漠地區以駱駝來穿戴機具。於是我想也許這一切都是謊言，街景都是鬼魂做的，只有無所不在的鬼魂才能完成這項壯舉。

〈蟬的左手〉是剛退完伍在高雄鼓山的圖書館唸書準備考試時想到的。那是個昏昏欲睡的悶熱午後，心情愈來愈煩躁，後來發現是蟬鳴太大，聲音影響自己的情緒，我想也許那些蟬是在爭吵，只是人類不懂這些聲音的意思。

〈蹲在掌紋峽谷的男人〉是去年發生一件無法挽回的事，這事情發生之前，我並不是一個特別在意命運的人，但這件事發生之後，讓我不得不想著某些時候真的是命運交會，稍微偏離一點，整個人生就會不一樣。然後我看到臉書有人分享一張穿西裝的男人看著掌紋的照片，剛好和當時低落的心境符合，就把它寫成一篇故事。

〈冰涼的壁虎〉是寫給副刊的短文，那時北捷發生事情，在去市場買東西的路上想到，平日習以為常的生活也許都潛伏著隨時可能觸發的恐懼。

〈萬籟墓園〉則是看到安藤忠雄即將在台灣蓋一座墓園得到的想法，虛擬圖中種滿櫻花，覺得很美，墓地的價錢應該非常高。一個未來的墓園可以進化到什麼程度呢？於是我想到一個虛擬實境，能夠重現死者生前生活的墓園。

〈失去水平的男人〉是自己的體驗，在牆上貼作品時老是貼歪，要是我一輩子都無法貼正怎麼辦？失去水平會有什麼影響？失去水平的極端會遇到什麼？然後我想到完全的倒立，接著想到有關於倒立的鬼故事。

〈洗牙〉是洗牙的時候，牙醫發現有一顆乳牙殘留在我的臼齒旁邊，醫生發現的時候很高興，雖然乳牙還留著很稀奇，但也不至於這麼開心吧！好像發現什麼寶物一樣，也許乳牙藏著一般人不知道的祕密。回家我在日記寫著：「拔除乳牙，同時也拔除了我小時候的記憶，那是一條記憶之根。」然後延伸成這篇故事。

寫完一篇故事後，總是感到很開心，因為完成了一件之前沒做過的事，但又常常過了一陣子又覺得寫得不好，初次完成時的喜悅找不回來。這種焦慮很煎熬，因為沒有經驗，不知道怎麼判定這些故事是好的。畫圖因為畫得久，較容易在一開始就看得到最後的藍圖，但寫字就不一樣，好像只能慢慢等待，有點像是用滴水的方式放滿蓄水池的感覺，要多久才能完成無法掌握。

後期我把寫完覺得還滿意的一篇文章〈失去水平的男人〉寄給孫君看，想請他說說一些想法，孫君說好看完再跟我說。然後我就戰戰兢兢的等待，一天又過了一天，每次手機信箱響時就會期待一下，然後就這樣過了幾個禮拜的樣子。我那時候想大概是寫得很無聊吧，孫君也許在考慮怎麼跟我說實話。暫時把這件事忘了之後，某一天終於收到回信，孫君說了好好看等等一些鼓勵的話。他大概不知道這幾句話對我的意義有多大，因為創作實在太孤獨了，加上時間的重量，以及對創作的懷疑，那種壓力無法對人訴說。

當時我在超市提著菜籃買晚餐食材，雖然我看著訊息眼淚已快要掉下來，但硬是強忍住，因為怎麼可以在生鮮蔬果區面前掉淚，於是來回在超市走動把情緒壓下，那一晚待在超市好久，店員應該覺得我鬼鬼祟祟的。步行回家的路途中還停下來幾次重讀訊息，手機白光映照在臉頰上，我的臉在黑暗中發光，就算眼睛看得吃力，但還是忍著一字一字的閱讀，好像怕這些鼓勵字句會消失一樣。

真的非常感謝孫君。

非常謝謝大塊出版邀約和協助，在第一次聯繫後中間斷一陣子，幸好有繼續來信，才有可能讓這本書誕生，要不然可能第一本書還會拖好幾年。也謝謝容許我以寫故事為主的新嘗試，延後出版的時間。也許是第一本書所以特別在意，總是想修改細節讓故事更好，但想想時間到了還是需要放手，讓文字保留時間的樣子，不然拖下去可能又會被自己毀掉。

謝謝大塊的皓全、宜君和一立。感謝令人驚喜不敢相信的推薦人，以及觸發這些故事靈感的事件與朋友。擬訂的大綱中還有幾篇故事未寫，希望很快就有下一本的出版。若能這樣持續書寫創作下去，應該就是我目前最大的願望吧。

持續柔軟的奮鬥。

catch 216

蹲在掌紋峽谷的男人

The Man Who Stoops in Palm Line Canyons

川貝母短篇故事集

圖文：川貝母
責任編輯：鍾宜君
校對：呂佳真
美術設計：顏一立

法律顧問：董安丹律師、顧慕堯律師
出版者：大塊文化出版股份有限公司
台北市 10550 南京東路四段 25 號 11 樓
www.locuspublishing.com
讀者服務專線：0800-006689
TEL：(02) 87123898　FAX：(02) 87123897
郵撥帳號：18955675
戶名：大塊文化出版股份有限公司

總經銷：大和書報圖書股份有限公司
地址：新北市新莊區五工五路 2 號
TEL：(02) 89902588 (代表號)
FAX：(02) 22901658
製版：瑞豐實業股份有限公司
初版一刷：2015 年 5 月
初版二刷：2019 年 8 月

定價：新台幣 350 元
Printed in Taiwan

國家圖書館預行編目資料

蹲在掌紋峽谷的男人 / 川貝母短篇故事集 / 川貝母著. -- 初版. -- 臺北市 : 大塊文化, 2015.05
面；　公分. -- (Catch ; 216)

ISBN 978-986-213-599-0 (平裝)

855　　104004537